JN295208

コクリコのうた

塙　浩

コクリコのうた

塙　陽子編

信山社

'92, 8, 22　五高武夫原

比叡山↓
天王山↓
春風や
堤長うして
家遠し
蕪村
まんだのつつみも
春うらら
↑太間村
（乾の方位）

'92, 5, 6
茨田の堤

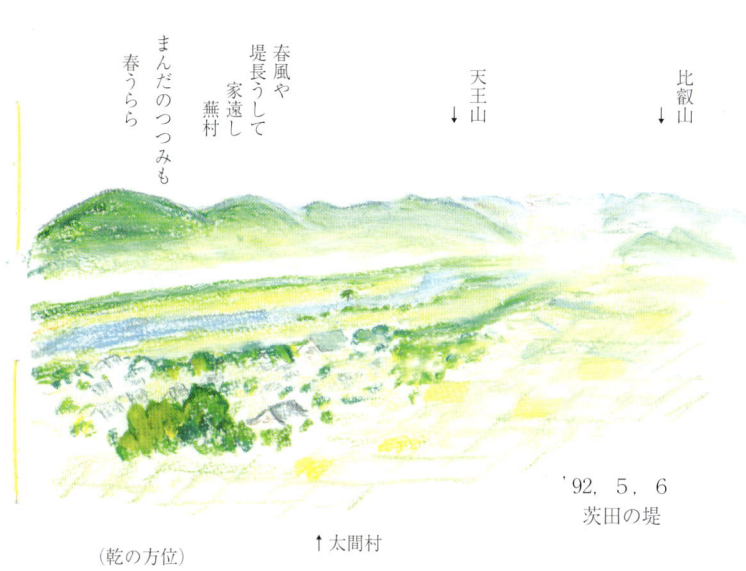

根子岳　'92, 8, 22

阿蘇中岳　'92, 8, 22

交野遠望　（辰の方位）　'92, 12, 3

ワーズワース　Glasmire　1971. en été

↑
寝屋の里

（卯の方位）　'92, 9, 11

はしがき

塙先生の著作集と別に刊行されたこの先生の随筆集には先生の思い出を綴る友人・知己・教え子の文も加えて載せた。先生の著作集を繙《ひもと》けば先生の学殖の豊かさに誰しも驚嘆するだろう。随筆には学問についてだけでなく学問以外についても先生の見識が披瀝されていて、それが興趣を増している。先生は度々訪欧し、パリを根拠地にして西欧はもとより北欧・東欧の諸国を遍歴された。その行く先々の国の文化・風俗・人情が先生の目にどう映ったか知りたいものだが、本随筆集には滞欧時の諸国見聞記・紀行文の類の登載が意外に少ない。先生は几帳面な人だったから屹度《きっと》まめに旅先の諸国を観察して持たれた印象や感懐を克明に記録されていたに違いないと思うので、先生の篋底《きょうてい》から他日その種の遺文が発見されるかもしれない。

先生の思い出はできるだけ多くの人に語っていただいた。学者としての先生の像は神戸大学と摂南大学の僚友や各世代の西洋法史・日本法史研究者の文章によって鮮明にされ、堀川高校卒業生の文章は教師としての先生の面目を明らかにし、旧制五高の同窓生の文章は裸の先生をあからさまに描き出す。これら友人・後進・知己の方々の思い出に残る先生の映像を脳裏に描いて、人により、あるいは自分の思っていたとおりの先生だと納得し、あるいは先生について自分の知らなかった部分を発見することもあるだろう。

先生の著作集の公刊が完了し、先生の新盆を迎えるときに、先生の随筆集を刊行する運びになったことは時宜に適しており、先生への好い手向けになったと思う。先生も喜んで下さっているだろう。

二〇〇三年七月七日

大竹秀男

コクリコのうた　目　次

目　次

大学の同僚から

学友から

Ⅰ　コクリコのうた

ヨーロッパ随想

コクリコのうた

虞美人草といえば、美姫を傍らにした楚の項羽を、そして、銀時計組の小野秀才が項羽よろしく心中おろおろする姿を、さらに、宗近君と甲野さんとが、この花の色のような友禅が石河原一面に石で抑えて敷き干されていたかつての高野川のほとりを比叡山目指して肩を並べて歩む光景を想う。でも、あの花のこの名から受ける感じは、私には、濃麗妖艶な美女の面影に繋《つなが》り勝ちであって、紅の千代紙を薄く薄くに剝いだような花弁が微風にそよいで二つに重ったらそのまま離れそうにもない程に楚々《そそ》嫋々《じょうじょう》としたあの花の姿の感じではない。かの美姫もまたこのような姿ではあってほしい、と思うのだが、それには、やはり、「ひなげし」という名の方が似つかわしい。フランスでは、あの花には私共と同じ可憐さを感じるものなのか、「コクリコ」と呼ばれており、私はこの名が一しお好きである。それには、戦前熊本の高等学校時代ワーズワースの黄水仙《ダフオディル》の詩を教ったときに味った清く美しい情趣に通ずるものが有る。

もう何年前になるか、七月、パリの北のサンリスの町で、郊外のローマの円戯場《アレーヌ》の跡を見に行ったことがある。前にはいつ開けたか分らない程に赤錆びた鉄門を女管理人が音を軋ませながら開いてくれた後、花咲く小径を一人暫《しばら》く行くと、畑の中の凹地に昔の遺跡は夏草と花とに隠されて静かに沈んでいた。コクリコがまばらに朱を点じる風情であった。

薊《あざみ》コクリコ金鳳華《きんぽうげ》咲き乱れたり破壊《はえ》の円庭

野薊の棘の痛さよコクリコの頸の細さよ人訪はぬ跡

暫くは石に腰掛けて古代の幻想に浸ったのであるが、コクリコとは向うでもこのような咲き方をするもの、と思い込んでいた。ところが、先年、六月、北イタリアを車窓から見ると、見渡すばかりの小麦畑一面にコクリコが朱を掃いたように乱れ咲いているではないか。可憐にしてまた雄大豪華な咲きっ振りである。この花の思わぬ一面に初めて気付いたのであるが、これまで諸所を旅しながら、なぜこれが眼に止らなかったのか。フランスに帰ると、ここもそれに優る光景である。そういえば、いつか、ドイツでも、道にまで小麦と共にはみ出して咲き誇るこの花を見たような気がする。この花のその荘大な美観は、何と表現すれば良いのか。西欧に、これを適確に表現したものが有るのを、寡聞ながら私は知らない。僅かに、ルーヴル美術館蔵の「レ・コクリコ」と題するモネの絵を目にはしえたが、これとても感慨の総てを掩いうる程のものではない。

ところで、帰国後、図らずも与謝野晶子にコクリコのうた一首有るのを知り見て驚嘆した。

「ああ皐月仏蘭西の野は火の色す君も雛罌粟《コクリコ》われも雛罌粟」（『夏より秋へ』中巻）

正しく、この姿、そして、この感である。（因みに、この他に、「若ければフランスに来て心酔《ゑ》ふ野辺の雛罌粟《こゝりこ》街の雛罌粟」というのも有る――「晶子全集」より――）。この花は、伊語では「キッキリキ」、独語では「クラッチモーン（お喋りげし）」または「クラッチローゼ」、英語では「コオンポピ」または「フィールド・ポピ」等と呼ぶらしいが、その音感から、また、若干持て余し気味を感じさせるその語意から、私はこれらの語は好きでない。やはり、「コクリコ」がよろしい。

それにしても、一つ一つは可憐なあのコクリコの群生の大情景は、日本人だけが大きく心動かされるものだろうか、と思うと共に、日本の芸術の豊かさを改めて感じる。今道脇に咲く彼岸花の朱を見て、これを書く。右、西洋法史研究余滴ということろ。

（ジュリスト第七五四号、一九八一年）

リラの花咲く頃

「すみれの花咲く頃、初めて君を、云々」というのは、わが宝塚の歌であるが、これは実は、あるシャンソンの替え歌であり、すみれは原詞ではリラである、と物の本で読んだことがある。そういえば、昔、ルネ・クレール監督の「リラの門」と題するしっとりとした黒白のフランス映画があったことを、懐しくも思い出す。

私は、西洋法史学を専攻する関係で、何度か、特にフランスに留学したが、五月に、マロニエやコクリコ（ひなげし）と時を殆ど同じくして咲きフランスを覆うリラ（英語でライラック）の花の清楚な美しさには、そのたびに心を動かされる。リラの花は、薄紫が普通だが、白や濃紅のものもあり、関西で時として見かけるものより大房で生気に富む。この花にまつわる盡きぬ思い出の中から幾つかを次に拾ってみる。

その一。数年前、十三世紀のある有名な法典（「ボヴェジ慣習法書」）を私が邦訳したことが機縁で、パリの少し北方のボヴェという町での学会に招かれた。この町の法律家でありまた詩人でもあったボマノワールが右の法典を著してからちょうど七百年目になるので、それの記念祝賀の学会である。五月に訪れた、田園の中に小さく佇《たたず》むボヴェの町は、リラの花に満ち、そして、その木陰で鳴くつぐみの声が興を添えていた。ヨーロッパでは珍しくないことであるが、町をあげてのそして市長も出席しての学会は、こじんまりとしてすこぶる和やかであった。町の中心部にある美術館の一室に、ボマノワールに因む諸作品が当日わざわざ展示公開されたが、私の拙訳本が、日本語が解せられないせいであろう、逆さに置かれているのにも、むしろ、遠来の客に対する好意が感じられて、ほほえましかった。夕刻に開かれたパーティーは、開会の辞も閉会の辞もなく、また、一つのスピーチもなく、がやがやはしゃいで散会という至極あっさりしたものである。微かにリラの香の漂う中での一夕であった。

その二。日曜日には、私はよくパリ近郊へ出かけた。夕方、パリへ向かう列車は、パリへ帰る人びとで、平日よりは少しは乗客がふえる。しかし、車中が混むという表現はあたらない。この列車の窓からぼんやりと着駅のホームを見ていると、マドモワゼルが、多分自宅の庭のものであろう、花咲くリラの束を手に、列車の方に、乗るべく歩いて来る姿が、屡々《しばしば》目に映る。気光る五月の忘れえぬ一景である。

その三。かつて南フランスのアヴィニヨンに行ったとき、藤紫色の桐の花が咲いていた。旧教皇庁の掃除夫に、窓越しにこの花を指して名を尋ねたら、知ってはいるが今ド忘れした、との答えであった。やや暫くして彼は私を追いかけて来て教えてくれた。思い出した、リラだ、と。丁重に礼をのべたが、おかしかった。しかし、リラという名だけは知っているのかと、感心もした。

その四。二十年前訪れた、これまた南フランスのニームを、同じ季節に再び訪れた。リラの香にむせかえっていたこの町の情緒をもう一度味わいたかったからである。しかし、町に溢れていたものは、リラではなくてマロニエの花の香であった。そもそも、リラの香はひめやかなのである。かの地では、うっかり癖に私もまた染まること、件《くだん》の如し。

その五。パリ大学法学部のすぐ近くのリュクサンブール公園でも、リラは美しく、清涼な微芳を漂わせるが、法学部図書館裏にも一本のリラが隠れて咲く。この図書館が六時閉館のときには、素朴な館員諸氏は、早くも五時半過ぎにはベルを鳴らせて閲覧者に退去を求める。それから数分すると、閲覧室の電燈を消す。書庫の出入口の鉄扉も閉ざす。逃げ出さざるをえないのである。諸氏は、後始末して自分らが門を出るのが六時と心得ているのであろう。それなら、日中多忙かといえば、窓口の図書の出納はしごく緩慢で、しかも、彼らが禁煙の書庫内でタバコをふかしつつギターで興じているのが見うけられるという有様である。六時に門を出たかの諸氏は、揃って向かいのバーで食前酒を談笑しつつごゆるりと立ち飲みするのを日課とする。私もここで、タンゴとかモナコとか称するまろやかな清涼アルコール性飲料を、身振り手振りよろしくお教え戴いた。

リラの花に包まれた五月のフランスの生活は、うましく、また、まことにおおらかである。われらの文化も、今や、かくあらまほし。

（大阪工大摂南大学『学園新報』第七九号、一九九〇年）

南仏エグモルトにて

その昔
十字軍発ちたりと聞く、
カマルグのはてなる
この町、エグモルト。

かの昔
ルイ聖王《サン・ルイ》の勇姿いかにありけむ。
艦隊の威容いかにありけむ。
とりどりの旗に混じりて
いくさびと城に海に
いか満ち溢れけむ。

今もなお在りし日のまま
方形に町囲む厚き石壁は、
紺青の空に高く聳《そび》え、
強き日に真白く輝くも、
ほとりには人影空し。

小波寄する岸辺には、
いつの日か
見渡すかぎり葦繁く生い、
船影はさらに空し。

夢消しえざるまま、
コンスターンスの塔の外べに
まばらなる木陰求め、
房重き黄緑の葡萄喰《は》みつつ、
遠く遠く過ぎにし中つ世を偲ぶ。

この町への途中、運転手が車を止め、傍らの畑で葡萄を数房手折って私にくれた。これも、旅人好遇（オスピタリテ）の表れか。一九七一年の八月、南フランスを放浪していたときのことである。この小さな町は、地中海に面する王直轄の一港を持つことを悲願としていた王ルイ九世、通称サン・ルイが、漸くその夢叶い、拓いた港町である。ここから、彼は、一二四八年、十字軍に参加するために、三八隻からなる艦隊をもって、威風堂々、パレスチナに向け出帆した。さらに、彼は、一二七〇年にも、十字軍のために、ここから海路アフリカのチュニスに向かったが、かの地でペストに罹り急逝した。エグモルトは、このように、彼にとり、因縁浅からぬ地である。一四世紀中葉以後殷盛《いんせい》を失い寂れてしまったこの町の中心に、今は、この王の小さな像が忘れられたように立っている。日頃法律に取り囲まれている私であるが、まれには、かく詩情が湧く。

（FJ Kyoto〔京都日仏協会会報〕第一〇号、一九九一年）

マロニエのこと

戦前の有名な映画「パリの屋根の下」の主題歌であるシャンソンの歌詞は、パリの下町娘のたわいもない男物語をさらりとよんでいる。しかし、当時日本では、この曲は、西条八十がこれを聞き昔のパリ生活を偲びつつ作ったといわれる彼の創作詩とともに、流行した。

「懐かしの想い出に、さしぐむ涙。懐かしの想い出に、流るる涙。マロニエの花は咲けど、恋しの君いずこ…」

これを聞いて、マロニエは、私には、パリを代表する夢の木となった。

その後、この木の名に出会ったのは、戦後間もなく翻訳されて話題をよんだサルトルの小説『嘔吐』の中で、主人公がマロニエの入り組んだ奇怪な根元を見て嘔吐を催した、というくだりでである。ここで、マロニエは、私には理解不能の幻の木と化してしまった。

私にも、その後フランス滞在の機会があった。極寒の冬が去り、春が訪れ始める三月末に、パリの並木でも公園でも、気がつくと、冬枯れのマロニエの枝が、丸い芽から赤ちゃんの五指さながらに小さな葉を出している。そして、春の陽気の気配にうかれて忘れているうちに、それは、いつしか葉を茂らせ、五月には、どの枝もいっせいに花軸を長く太く上方に伸ばし、やがて、花咲き、少し生臭い濃厚な独特の香を周りに放つ。その木肌は、黒いが、比較的滑らかで、サルトルのいう奇怪な形相のマロニエは、ついぞ目にせず、やはり、上記の詩にある風情こそがマロニエのまことの姿である、と私は見うけた。

マロニエは、並木道や公園で、また住宅の庭で花開き、フランスをその香でおおう。私には、パリ大学横のリュクサンブール公園での、北郊のボヴェや南郊のソーや南仏のニームでの、それの一斉に咲き匂う光景が、ことに懐かしい。その花の色は、空想通りやはり白が多いが、赤いマロニエも少なくない。五月のフランスは、マロニエと、これと殆ど同時に咲くリラと、そして、これよりやや遅れて咲き、フランスの野を血の色で染めるコクリコとで飾られる。これらは、フランスの春のトリオともいえよう。

私は、京都にもマロニエがあることを、去年妻に教えられるまで、迂闊《うかつ》にも気付かなかった。例えば、府庁の東側には、まさしく、マロニエの並木道があるし、私の家の近くの小公園でも、並んだ一〇本ほどのマロニエが毎年花をつける。私にとり、パリを偲ぶよすがは、ごく手近かにあったようである。そのマロニエの木は、この夏も、丸い堅そうな実を結んで茂っている。もっとも、この実は、かの国では豚の餌、馬の薬にすると聞く。

このマロニエの和名は何か。私は長い間栗の一種と思い込んでいた。最近調べてみたところ、知る人ぞ知る、実はマロニエは、橡（トチ）の木の一種であったのである。

（FJ　Kyoto〔京都日仏協会会報〕第一二号、一九九二年）

カルメン追想

不羈奔放《ふきほんぽう》なジプシー女カルメンをメリメの原作で知ったのは、中学の時である。それ以来、その映像は私の心中でビゼーの曲や映画や歌劇により変形され増幅されてきた。そして、私は折にふれてカルメンの幻想に取りつかれる。既に三〇年近く前の想い出となったが、いつも夜ふけに始まるオペラは厳しく長い冬のパリの一風物詩でもあった。オペラ座で初めて本場の歌劇カルメンを見たとき、闘牛士入場の場面で生きた本当の馬が数頭勢いよく舞台に出てきたのには、肝を潰した。

その数年後の夏、スペインを約一月かけて再び旅したときのことである。涸れた川床に夾竹桃《きょうちくとう》咲く熱暑の南スペインの、カルメンとその群盗団の活躍舞台であるアンダルシア地方の訪問は、このたびは、サラマンカから南下して来た私には、たまたま、原作にあるカルメンの流浪順序とほぼ同様に、セビリャの町に始まり、順次東方へ辿ることになった。カルメンが働いていた、そして、彼女にミモザの花を投げかけられた純情なバスク人の竜騎兵伍長ドン・ホセが彼女と運命の出会いをするタバコ工場の跡には、熱帯樹の緑に囲まれた薄黄色の壁のセビリャ大学が建っていたが、この町の回教王の宮殿であったアルカサールの庭で色とりどりに咲き乱れる百日草は、カスタネットを鳴らしながらフラメンコ(原作ではロマリス)を乱舞するカルメンの姿を私に想起させた。その夕べ、この宮殿に近いサンタクルーズ地区の人影まばらな小公園での、ランタンの淡い灯のもとでの若者らとの憩いには、何ともいえぬアンダルシア情緒があった。

翌日、ここから、日まわり畑と塩田が延々と続く中をバスで、大西洋に面した白く輝くカディスの町に着いたが、サングリアというカルメンの鮮血の色にも似た口あたりのよい冷たい美酒を、ここではうっかり昼間から飲みすぎてしまった。その翌日、アフリカ大陸を右手海峡のかなた遙かに見ながら、これまたカルメンゆかりのジブラルタルの小半島を対岸間近かに望むそしてアフリカ行きフェリーを待つ客で溢れたアルヘシラスの港町に辿り着いたのは、既に夕方であった。セビリャからのこれらの街道をカルメンもまた、多分、ラバか馬車かで通ったはずである。ここから、終列車でロンダという古い小さな町に着いたのは、夜十一時を過ぎていた。カルメンを含むそして今や脱走兵のホセも加ったジプシーの密輸団が隠れたという連山の中のこの町の周辺の景色を、旅程に無理をしてでもこの機会に見たかったのである。

しかし、この無謀はやはりたたり、もはやホテルに空室はなく、遂には、ホセならぬ或る兵隊らしい若者の案内で、警官に捕まらぬように、駅から遠からぬ寂しい草原で野宿する羽目となった。天幕の中からカルメンもまたかいだであろう夏草の香に包まれつつの、そして、彼女もまた見たであろう満天の星のまたたく澄んだ夜空を眺めつつの、冷気滲みる一夜の旅枕であった。幸いにして、夏の夜明けは早い。四時過ぎには起き上がり、まだ全く人影のない、山に取り囲まれた峡谷にあるロンダの周辺の素朴な景色を見歩いた。架空の人物カルメンに繋がるものは何もあろうはずがないのは固《もと》よりであるが、このロンダの一夜は、私にとり、カルメンの幻想に、また幾つかのものを付け加えることになった。マラガ行きの早朝の列車に跳び乗った頃、朝の日が漸くさし始めたと記憶する。

既に、原作通り、私の舞台も東アンダルシアに移ってしまっているのであるが、私は、その後、グラナダを中心にコルドバ、ハエン等と放浪し、カルメンの幻影にあちこちで接することになった。ところで、カルメンが新たに魅せられた闘牛士エスカミリョは、アレビとメイヤックの台本になる歌劇カルメンでは、華々しく登場してカルメンを魅了する。しかし、メリメの原作では、ルーカスの名で出るエスカミリョの役割は、歌劇におけるより遥かに小さく地味であり、また、カルメンとの彼の初の出会いの場はグラナダの闘牛場においてであるが、後コルドバでは、彼は、雄姿を見せるどころか、馬とトロ（雄野牛）

との二重の下敷きになる失態を演じる。なぜこの頓馬にカルメンが心動かされたのか理解し難いが、いずれにしても、ホセによるカルメンの刺殺はこの後のことである。グラナダの回教王の、禅寺の面影さえも仄《ほの》かに漂わせる庭を持つアルハンブラ宮殿に接する城アルカサーバを訪れたとき、その片隅に、ホセがカルメンの霊に手向《たむ》けたのではないかとも思われるような青い可憐な花が密かに諸所に咲いていたのは、いまだに印象深い。

このスペイン旅行の後暫くして、ドーデーの戯曲とビゼーの作曲とで有名な「アルルの女」の舞台である南フランスのアルルの町を訪れる機会があった。ちょうどその夕べこの町の中心にある古代ローマの一遺跡であるアレーヌ（円形の格闘技場。これがそのまま今日でも闘牛場に用いられている）で闘牛が催されることを知った。私が、古代ローマの格闘技に由来するかの闘牛を初めて見たのはかなり前で、マドリードの大闘牛場においてであるが、闘牛士がトロをいたぶりつつ遂には一剣で仕留める技はまことに鮮やかではあるものの、暑い真昼にこの殺生劇に異常なまでに興奮し熱狂する異国の人びとの心を私は計りかねるとともに、これは再び見るまいとそのとき自らに誓った。しかし、アルルでは安心とばかり、またまた好奇心をそそられて出掛けた。なぜならば、南フランスの闘牛ではスペインでのようにトロを殺すことはしない、ということを耳にしていたからである。

ぬばたまの夜は更けて、照明されたアレーヌでは、ビゼーのカルメンの曲で騎馬の闘牛士らを含む全出演者の勇壮華麗な入場パレードが場内全面を使って行われた後、いよいよ、満席の観衆の激しい口笛と熱狂のうちに、くだんの闘牛が始まった。さてどのようなけりを着けるのかと期待に胸を膨らましていたところ、意外にも、それはスペインのそれとまったく同じであった。私は、失望の念やるかたなく早々にして退出した。これらの想い出もまた、私のカルメンの様々な幻想に、今や折り重なって付け加わっている。

（『FJ Kyoto』〔京都日仏協会会報〕第一四号、一九九四年）

迷える羊

精密な論理と厳正な利益衡量とを必要とする法律学を学ぶ私は、間々《まま》、外界に脱出して、その空気を吸いたくなる。

高校時代、英語のW教授はワーズワースの詩集を教科書に用いられた。この中には、有名な「黄水仙（ダフォディル）」、神隠しに遭った少女「ルーシィ・グレイ」等の詩が多々含まれていて、そして、これらの七五調訳を工夫する級友もいて、皆で実に楽しい時間を過ごした。もう半世紀も昔のことである。

その頃から二〇余年後、私は、イギリスを放浪中に、ワーズワースが住んでいたグラスミアという小さな小さな湖のほとりの村を訪れる機会に恵まれた。できうればその湖畔に黄水仙の咲くはずの春に行きたかったが、季節はすでに夏であった。幾つかの湖をつなぐ街道は観光客にあふれていたが、その詩人が住んでいた湖畔の白壁の瀟洒《しょうしゃ》な小宅の周辺は、意外にも閑散であった。岸辺に葦が茂る閑静なこの湖を眺めつつ、私は、かつて彼の詩で味わった感慨を噛みしめ直すとともに昔の教室の追憶にひたった。そして、当時の友を代表して「吾は来たり。吾は見たり」との小さな喜びを禁じえなかった。

徘徊ののち、ホテルを探したがどこも満室である。途方に暮れていると、側を通りかかったある紳士が私に、泊めてくれるところがこの近くにある、このように行きなさいと、親切にもある所を教えてくれた。

教えられた建物は、クエーカー教徒のための宿泊所であった。身震いするほどにまで敬虔な祈りに身を捧げる教徒であるとの生半可な知識しか持たなかった私は、さて何が起こるのやらいささかの恐れを抱きはしたが、宿泊を頼むとあっさりと承諾されて、一室を与えられた。あとで気付くと、ここは広大な緑の敷地を持つ館であった。夕食は、約二〇名の同宿者と一室に会してとったが、別段特別の祈祷があるわけではなく、かの詩人の詩にも似たさわやかなそして互いに親切な通常の会食風景が見られただけである。

この頃の夜明けは早い。朝食前にもう一度散歩するために、宿を抜け出て湖畔に沿う小道に出た。早朝のグラスミアはミルクのような濃い霧に包まれて、歩けども歩けども周囲は何も見えない。突如として背後から慌ただしい何やら分からぬ音が迫って来て、何事かといぶかるうちに、霧の中から突然姿を現わし小さなひずめの音を轟かせながら前を駈けぬけたのは、一頭の羊である。これは忽ちのうちに眼前の霧の中に姿を消した。私には以来、ワーズワース、黄水仙、グラスミアという連想の中に、もう一つ、霧の中のストレイ・シープが加わることになった。

英文学出身のこのW教授が、授業中に、英文学なんて独仏露の文学に比べては面白くないですよ、とふと言われたことがある。教授の意図はどこにあったのか知るよしもないが、暗示を受けやすい私は以後英文学と疎遠になって行った。この蒙が啓かれるに到ったのは、イギリスの田園や丘の景色には常にともなう、日本にはもとより大陸にさえない独特のあの緑色をこの私の肉眼で初めて見たときである。以後、「英文学はあの緑から」と私は信じるに至ったが、専門の仕事に追われて残念ながら諸作品に親しむ余暇があまりないままに、また三〇年近くが過ぎてしまった。

その時記念に買い求めた小詩集の中の「黄水仙」の詩を、今懐かしく読み返し、次ぎのような素人訳をつけてみた。

黄水仙、大いなる大いなる群なして、
見渡す限り金色に咲き匂うを見たるとき、

谷の上丘の上遥か高くに漂える
　唯一片の雲のごと、吾唯一人彷徨《さまよ》いぬ。
湖のほとり、樹々のもとにて、
　微風にさ揺らぎ踊りつつ、

げに、輝き瞬く天の川なる諸星の
　並びの途絶えなきごとく、
黄水仙、入江の岸辺伝い行き、果て知らぬ
　線とはなりて遠き彼方に伸びありつ。
一目にて千万とあらむそれ、
　吾見たり、明るき踊りして頭うち振るを。

黄水仙の傍らに、小波も踊りおれり。
　喜びの煌《きらめ》き、こはそれに如《し》かざりしも。
かくも楽しき友どちに囲まれなば、
　詩人たるもの、心楽しむ他あらざりき。
吾見つめぬ、更に更に見つめぬ。この眺め

如何な幸吾に既に与えしやを覚えずして。
されど、気分虚ろなるまま憂いに沈むまま、
吾、隠れ家に横たわるとき、
備うるは独居の至福ともいわれえむ心眼に、
如何な幸ぞ、千万の黄水仙、稲妻のごと
閃《ひらめ》きて、吾が胸、快き喜びに満たされ、
吾が心、それらと共に踊り合わむとは。

ちなみに、そのW教授は、平生出席状態が良くてしかも試験成績不良の生徒に対しては、頭悪しとの理由でさらに減点する人であった。この頃、私もこの教授の範に倣いたいものと考えている。

（未発表）

ハンブルク回想

久保教授と私とは、神戸大学法学部で三〇年余を共にした仲である。教授は、私より四年先輩であるが、旧制四高（金沢在）の、私は同五高（熊本在）の出身ということもあり、特に親しくして戴いた。諸種の想い出の中の一つは、一九六四年両名とも滞欧留学中の、ドイツのハンブルクでの出会いである。教授は、ハンブルク大学近くのレール家に間借りされていたが、パリにいた私は、春、北欧への旅の途中に、そこで研究中の教授を訪れ、その近くのファーベルおばちゃんの旅館に泊り込んで約一週間滞在し、諸所を案内して戴いた。美しいハンブルク市の真中に横たわる碧く光るアルスター湖の情趣は今だに忘れられない。

軽鴨の子ら遊ぶ植物園には花が色とりどりに咲き乱れていた。郊外のエルベ河畔のヴェーデルでは、往き来する船の国籍に合わせてそのつどその国旗が揚げられその国歌が奏でられていた。コロナーデン通りの中国料亭「敦煌酒家」にもドイツ人学生と共に案内された。また、レイパーバーンという有名で楽しい悪所界隈もお教え戴いた。その年の夏、南ドイツ等への旅の初めにも、再度ハンブルクに教授を訪れ、楽しい数日を過ごした。

想えば、二人共それでもまだ若かった。時の移ろいは速い。ここに、教授の驚く程に今なお精力的なドイツ語での新著の公刊と、教授の喜寿とを、心からお祝い申しあげる。西鉄ライオンズの熱烈なファンたりし久保教授よ、ハンブルクよ、アルスターよ、久遠《くおん》なれ。

（金沢、仙台、神戸そして大分—久保敬治教授喜壽記念随筆集、一九九七年）

学生時代のこと

わが青春時代——灰色の中の哀歓

暗澹とした時代の青春であった。しかし、青春が暗澹としていたわけではない。それなりの喜びは多かったし、また、これらの喜びは、今の時代でなら微小なものであろうけれども、当時は打ち続く絶望や悲しみが溢れていただけに、その分だけ大きかった。

中学五年生の時に太平洋戦争が起こった。世はこの頃から急角度で暗さを増す。京都の比較的リベラルな中学にいた私等も、配属将校の狂犬中尉の恐怖に晒された。昭和一八年に高校（熊本在の旧制五高）に入れて、小躍りしたのはもとよりだが、また、この学校が軍国主義の中にあって珍しく残されていた自由主義の孤島の一つであることを確かめえて、喜びは倍増した。五高生がタルんでいるというので熊本師団の某少将が来校し、壇上から傲然たる態度で説教したが、生徒等に甚だしく失笑嘲笑され、激怒して帰ったのは、溜飲の下る思いであった。但し、その秋にこの少将が査閲官として乗り込んで来て、いささかの報復を受けた（この前年に来校の査閲官の許に説教にのこのこ赴いた豪傑がいたことは、聞いていた)。

熊本での「三四郎」的高校生活は良かった。五万坪の広大な緑の校地に生徒数僅か千人前後の学校であった。「剛毅朴訥《ごうきぼくとつ》」が校是であった。全員夫々に才豊かで個性の強い俊秀揃いの中で互いに親愛と微かな畏敬を感じつつ、教室内外では、もはや受験を意識しなくてもよく文学や哲学等の古典に親しみつつ、そして、敬愛する教授達による鋭い叱責と全く情け容赦のない落第処置とにおびえつつ、皆よく学びよく遊んだ。町の人びとは親切であった。阿蘇の高原は時代を忘れさせてくれた。時に行く方々の数泊にわたる田舎での稲刈り等の勤労奉仕では、村人挙《こぞ》っての暖かい心に接しもした。「御嶽《みたけ》村身を切る風は寒けれど人の心に沁む一夜かな」、これは早春暗渠排水作業に赴いた当時の一級友の作である。その村の、酌して廻ってくれたセーラー服の乙女は今どうしていることか。

飢餓は、一年生の夏休み頃から始まっていた。楽しい生活は長くは続かず、二年生の七月には、学業は打ち切られ長崎への勤労動員ということになる。不心得にも、皆で物見遊山に行くような気分で出掛けたのだが、これが母校との永遠の訣別となった。待っていた作業は、造艦造船という危険な重労働であった。もはや異国情緒の片鱗さえ留めない長崎で疲労と飢餓に苦しみつつの工場と寮との間の油まみれの行き帰りに、学友皆が各自一冊の本だけは手にしていたのは、学生としてのせめてもの意地であった。夕方、学徒寮への坂道を登りつつ、もはや寮歌を怒鳴る力もなく、当時流行の歌、長崎物語を、赤い花なら曼珠沙華、と空ろな声を合わせて時に歌うことがあったのも、絶望や飢餓を忘れるためであったか。この間、私等文科の生徒は、兵役のため毎朝二人、三人と去った。この時別れたまま不帰の客となった友も少なくない。

私も二〇年正月には一兵卒となった。苦役と空腹感は一段と激しく、その上、殆ど毎日殴られた。学籍だけは、その春に京都帝大法学部に移った。私は、入営後二月余で陸軍病院に入院し、死線をさ迷った後、漸く七月末に原隊復帰した程の弱兵であった。虱《しらみ》や南京虫、蚤《のみ》にも苛《さいな》まれた。晴れた青空を銀翼をきらめかせつつ飛ぶB29の大編隊の美しさにみとれつつ、これが平時の光景であったならと、いつ果てるとも知れない戦争を、既にボケた頭で呪った。戦争終結で、私は、命を取りとめた上に、奴隷的拘束から解放されて再び自由を得た。

しかし、次には、戦時中にも優る数年間の大きな飢餓が待ち受けていたのである。戦争で私もまた学問や活字に飢え切っていたので、一〇月に復員の翌日に早速、京大に講義を受けに出掛けたように思う。既に、静かな大教室では戦争も敗戦もなかったように教授の声が淡々と流れていた。命あっての、昔と変わらぬ平和な学窓への復帰の感慨はまた格別であった。法学部卒業後に文学部に入り直した（仏文か美学か印哲かと熟慮の末、宗教学を選んだ）が、これも、本来三年の筈の高校在学期間が僅か正味一年三か月という勉強不足に一因があった。これは一年半で挫折し、古巣の法学部の大学院に再び入り直し、特別研究生に遇せられて法学者の道を歩むことになった。街頭で戦後初めてふと手渡された広告マッチに、日本の復興の微かな兆しを感じて頗《すこぶ》る嬉しかったのも、この頃である。このあたりで私の青春の時代も終わる。にょしょうとも縁のない、戒律と困窮とに満ちた青春であった。

慌しく記せば右のような青春であったが、不思議にも、今となっては一向に悔いが残っていない。振り返っての青春時代の充実感とは、当時の心の振幅の大きさに比例するものなのか。若き日に戻りたいとはつゆ思わない。人生は一回勝負、これでよろしい。

（摂大キャンパス第八九号、一九九〇年）

私の高校生活の思い出

諸君は三高生の様子を御存知でしょう。私達が中学生の頃はあの白線帽マント下駄をつけた高校生の姿は憧れの的であり、中学の上級生ともなれば入学試験準備に死に物狂いでわずかにまどろむ間も夢に迄見るものはあの白線帽子だったのです。今の諸君には分からないでしょうね。私が高校へ入学したのも勉強よりはあるいはむしろあの汚いバンカラがやってみたかったからかもしれません。

さて、私の高等学校は熊本の五高です（道一つ隔てたお隣りが私のクラスの吉沢君のいた済々黌中学です）。春三月九州ではもう菜種の花、桃の花が咲き、若草はもえて雲雀が囀《さえず》り沈《じん》丁花《ちょうげ》が春の香をまき始めます。丁度七年前の今日、まだ冬の衣をかぶっている京都から初めてもう春の装いの熊本についたのです。私はいまだに春先になるとあの入試の不安を胸に秘めながら汽車の窓外に見た筑紫平野の春景色とそのフクイクたる香を思い出します。

学校は熊本の郊外の龍田山という小丘の麓にあり、総面積五万坪、テイテイたる老松老杉が周囲を取りまき、中に植物園、二つの芝生の運動場、各種コート、プール、外人官舎、小川、桧林、校舎、寮等があちこちに散在しています。第一の正門を入ってもまだ校舎は見えず、両側に櫻花の咲き誇るサインカーブを画く道を通って行くと桧林の向うに始めて白い木柵を従えた第二正門と赤煉瓦の本館が見えます。生徒数は私達の頃で千人、場所が場所、学校が学校だけに、まことに遠くにたなびく阿蘇山の噴煙の如くのんびりしたものです。狭い殺風景な草木もろくにない所に、工場の煙突の煙を見上げながら二千人もつめ込まれている諸君、どうです、垂涎《すいぜん》置くあたわずでしょう。

学校生活ものんびりしたものです。ただ、この頃から戦争が進んで昔程の自由な空気はありませんでしたが、学校のモットーが「剛毅朴訥《ごうきぼくとつ》は仁《じん》に近《ちか》し」、「巧言令色《こうげんれいしょく》鮮《すくな》いかな仁《じん》」で、入学早々剛毅朴訥の精神を発揮する事を上級生から吹き込まれました。元来旧制高等学校は総体バンカラなのですが、これに依って益々輪をかけられました。しかし反面、教授は諸君の様な子供扱いはせず、十分人格を認めてくれましたし、また私達も五高生という自覚と誇りを持って決してつまらぬ事はしませんでした。もし例えば寮則を冒せば生徒間の鉄拳制裁でけりがつきます。

しかし入学当時は比較的自由だったのですが、次第に軍部の干渉が強くなり、学校も一年経つ中にファッシズム的色彩が強くなり、生徒側と学校とは暗黙の対立を示す様になりました。でも当時の中学校に比べればまだまだ楽だったのです。一年生の時は全寮制度で全部が寮に入ります。寮生活はいい思い出です。ストームとかコンパとか、私達は中学の入試勉強から解放されていよいよ自由な勉強が出来るというので滅茶苦茶に遊びはしましたが、また一方では大いに勉強したものです。

私は文科ですから不得意な数学や物理に悩まされることはなくなりましたが、その代りドイツ語と哲学でまた油をしぼられました。殊に外人教師ドル先生のドイツ語には恐れ入りました。文科の方は比較的落第が少ないのですが、理科の方の落第は見事なものです。今の堀川高校生の様な勉強の仕方なら二〇分の一も卒業出来ないでしょうね。平均六〇点ないものは情け容赦なく落とします。私が入学した春には計六〇名落第しました。落第生が多いと募集人員が減りますから、入試に合格しないうちから人の落第について私達は非常に心配しました。ついでながら、旧制高校は一クラス四〇人でそれ以上になることは絶対にありません。六〇数人も一度に一教室で授業を受ける様な諸君とちょっと違うでしょう。私が入って驚いたことは、クラスの大抵の者が中学では級長位はやったことのある豪傑揃いで時間中先生に当てられても実にすらすらと名答をやります。これはどうも俺が一番頭が悪そうだなと失望しながら一学期の成績を見てみると驚いたことには私より下に大分おります。一学期も終わる頃にはお互いに親しくなって入学当時の感想を話し合いますが、第三に驚くことは誰も彼もが皆自分が一番頭が悪いと思ったそうです。親しみが増し学校に馴れると、次第に殊勝な気を失って学校の勉強を怠けだすのは世の常です。既に一学期から代返とエスケープが流行しだす、ひどい奴になるとドルさんの時間、便所に行くと云って教室を出て饅頭を食って来た、という面白い奴もいます。但し私ではありませんよ。でも読書には真面目に一心に暇を見つけて耽ったものです。

各高校には夫々、寮歌が沢山あります。三高の「紅燃ゆる」や一高の「あゝ玉杯」位は御存知でしょう。五高の「武夫原頭に」の歌も、曲はあちこちの中学の応援歌などに借用されているから御存知の人もあるでしょう。旧制高校独特のなんとなく哀調を帯びた、人生の旅人の情けに溢れた寮歌は高校を出て白髪の老人となった後迄も同窓の者が二人集まれば我を忘れて楽しかりし在学時代の白線姿に戻って歌い狂う程、我々にとっては懐かしいものであり、またそれ程高校生活は我々にとっては今なお生命であり喜びなのです。

新旧両高校は自ら異ならねばならないのは勿論ですが、しかし最後に、私は諸君に私達が送った、有意義な愉快な全学年が一つの感激にとけ合い得る様な、そしてお互いに真の友となり得る様な、また将来に於ても今が最上の生活であり得る様な高校生活を送っていますか、お尋ねしたい。もしそうでなければ、蟷螂《とうろう》の斧をふるってでもよいから後輩のためにそして自分自身のために、何とか努力をしてほしいと思います。

（「乱れ雲」堀川高等学校文集、一九五二年）

文科丁類、文科戊類

旧制高等学校には、文甲とか、理乙とかの懐かしい分類があった。最近、初期の熊本大学の教官であったそして今は私の同僚でもある三高御出身の中川努教授から、異なことを聞かされた。即ち、わが五高で、戦後のことであるが、外国語としてロシア語も教えられていたらしい、ということである。そういえば、同じく戦後に、であるが、戦前には文丙がなかったはずの六高の文丙を出た、と自称する人に最近出会いもした。さらに、遠い記憶を辿ると、私の高校受験期に、一高に、支那語を第一外国語とする文科丁類（文丁）なるものが置かれていることを、高校紹介の刊行物で読んだような気もする。そうすると、あるいは五高に戦後、ロシア語を第一外国語とする文科戊類（文戊）なるものが置かれていたのではないか、との疑問が、よもやとは思いつつも、私の脳裏をかすめた。これを確かめるのには、先生方、または、昭和一九年以後の五高入学者諸氏、即ち、九龍会会員諸氏の誰か識者に聞けば分かることではあるが、その便宜のないままに、文献等を渉猟《しょうりょう》するうち、問題の輪は一段と拡がって来た。即ち、廃止までの旧制高校一般で、われらの馴染み深い外国語である英独仏語（五高には文科理科を通じて、少なくも戦前には、仏語はなかった）の他に、どのような外国語が教えられることが文部省によって意図されていたか、そして、現実にどの高校でそれが教えられていたか、そしてまた、この場合に、甲乙丙云々という類別名称はどのようになっていたか、等々という問題である。これらを明らかにするべく更に調べて見ると、発見される結果は、実に多様であって変化に富み、興味深い。この知識を独占するに忍びず、本「五高会会報」を通じて、私と閑を共にする諸氏――それぞれの年の各旧制高校出身者一般――に分かち、話題を供させて戴くと同時に、諸氏から不明や不備や誤謬の点をお教え給われば幸いである。

資料としては、最近、「旧制高等学校全書」（旧制高等学校資料保存会編著。同会刊行部発行。一九八五年。全八巻の他に別巻二）が刊行されたので、主としてこれ（特に、第二巻、第三巻）によったが、幾つかの高等学校の同窓会名簿や、生き証人たる卒業生の言をも参考にした。扱う範囲は、遠く遠く過ぎにし時代については触れないままに、私ども今の高校生生残りの殆どがその生活を送った、大正八年以降に限りたい。大正八年という年は、前年一二月に発せられた「高等学校令」（勅令第三八九号）が四月に施行された年であり、また、これに基づく「高等学校規程」（文部省令第八号。三月）が発せられて、高等学校の制度にかかなり大きな改革が行われた年である。

先ず、この「高等学校規程」には、第四条に、文科理科共に外国語の学科目として第一外国語と第二外国語とを置く旨、外国語は英独仏語とする旨、そして、第二外国語は随意科目とする旨、謳われている。この最後の随意科目というのは、必須科目の反対語である。

因みに、第二外国語は、このように規定上では随意科目となっているが、現実には、「大多数の高等学校においては、第二外国語も第一外国語と同様、…必須すべきものとの取扱を為すことになっている」(昭和八年、塚原政次氏の発言。全書、第一巻第四四四頁)。私は、この場合、この大多数から洩れていた高校がどこであったかは、知らない。しかし、このような高校が有ったことは、私にとり、一つの小さな驚きである。更に、塚原氏の言は、次のように続く。「英語を第一外国語とした場合には、第二外国語は[どこでも]独語としているようであるが、これは仏語をも選択しうるようにするべきである。また、仏語を第一外国語とした場合には、第二外国語は英語としているようであるが、これもまた独語を選択しうるようにするべきである。わが東京高ではこれを実行している」と。これは、昭和八年のことであるが、これまた、甲類の第二外国語は独語、そして、乙類の第二外国語は英語、という私の固定観念を崩すものである。東京高に類する高校が、他に有ったか、それはどこであるか、については後述したい。

なお、前述の「高等学校規程」は、大正七年の臨時教育会議（「臨教審」ではない）の答申に基づくものらしいが、昭和八年に、塚原氏が、岩波書店の依頼で、高校制度をめぐる幾つかの問題について、幾名かの人にされたアンケートに対する諸回答もまた、興味深い。特にその中の第二外国語の必要性の賛否の問題は、既に、必ずしも全員が賛成ではないのであって、これは、旧制高校の場合と時代や次元を異にはするが、現在の新制大学における語学教育、特に第二外国語のそれの要否や目的等の問題を考える上にも示唆を与えてくれるように思われる。

ところで、本論に戻って、大正八年四月に「官立高等学校高等科入学者選抜試験規程」（文部省令第一四号）に初めて、文甲、理乙等の、科に類の名を附してする呼び名が姿を見せる。即ち、その第五条に謳う「入学志願者ハ其ノ入学後修業セントスル科及類ヲ指定スヘシ　指定スヘキ科及類ハ左ノ如シ」、とあって、文科甲類、同乙類、同丙類、理科甲類、同乙類と列記され、そして、甲類、乙類、丙類については、それぞれ、英語、独語、仏語を第一外国語とするもの、との説明が附せられている。この規程は、第二外国語については全く触れていないのであって、前述のように随意科目扱いということが、この根底にある、と当然に考えられる。

次いで、二年後の大正一〇年一一月の「右規程中改正」（同令第四五号）で、右表に、理科丙類が加えられた。私の高校受験期の或る紹介に、フランスは特に数学、化学及び交通工学で優れているので、この方面を志す者には理丙が宜しかろう、と有ったのを思い出すが、これは、東京高と大阪高とだけにしか置かれていなかった記憶が有る。因みに、同じく私の受験期の頃であるが、文丙は、一高、三高、浦和高、静岡高、福岡高および東京高にしかなくて、結局のところ、文科理科を通じ甲乙丙類を持っていたのは東京高のみであった（これに対して、甲類と乙類とは全高校が持っていたはずである）。このことから、前記の東京高教授塚原氏の言の一部は、理解されうる。即ち、丙類を持たない高校は、フランス語教員を欠くために、例えば文甲の第二外国語を独語ではなくて仏語にすることは、困難であったのであり、それが可能な状態にあったのは、丙類を持つ高校のみであった、ということである。そこで、大阪高卒の友人に聞き合わせたところ、果たしてここでも、少なくも文甲の生徒は第二外国語として独仏語の中の一を選択しえた。他校については未調査である。

以上のことから判明することの幾つかは、(1)外国語の種類は、第一、第二の別なく、英独仏の三語に限られること、(2)第二外国語については、各高校について、置くか否か、置くとしても何を置くか、に関しては統一的定めがないこと、(3)甲乙丙なる類別は、この三つに限られていること、である。

右の制度は、長い間――といっても僅か二四年間――続いたが、昭和一七年に初めて変更が加えられる。即ち、同年三月の「高等学校規程ノ臨時措置ニ関スル件」（文部省発専第三一号）の第二条で、文科理科の区別をしないままに、「外国語ハ第一外国語及第二外国語トシ第一外国語ハ独語、英語及仏語トシ第二外国語ハ独語、英語、仏語、伊語、支那語及露語トス」、と謳われている。ここでは、独語が冒頭に置かれて、当時敵性語とされた英語が下順位に廻されたり、当時のもう一つの同盟国の言葉である伊語が挿入されたり、また、支那語と露語とが加えられたりして、戦時色を大きく反映している。高校での外国語といえば、英独仏という順序に、また、この三か国語に限られることに、馴れ切っていた私には、これは、まことに意外である。多分、軍部の圧力によるのであろう、文部省の方針として、このようなものが打ち出されはしたが、果して英独仏語以外の外国語を現実に置いた高校が有るのであろうか。このことについては、後でも触れる。

次いで、翌昭和一八年三月の「高等学校規程改正」（文部省令第二七号）の第一〇条第三項では、「外国語ハ、外国語科ニ在リテハ独語、英語又ハ仏語トシ選修科ニ在リテハ独語、英語、仏語、支那語等トス」、とある。ここにいう「選修科」なるものは、少し解説を要するであろう。これは、結局は、従来の随意科目の延長線上にあるものと見受けられるが、昭和一八年三月の「高等学校高等科教授要領」（文部省訓令第四号。四月一日より施行）が、これをよく説明してくれる。即ち、外国語科とは別の、これと並ぶ選修科は、中で第一部と第二部とに分かれていて、前者は、第二外国語を全く学ばずに、その分だけ古典と歴史とを多く学ぶもの、後者は、結局は、第二外国語を学ぶものである（全書、第三巻、三二九頁以下）。私が入学したこの一八年には、右に従い、五高では、文甲に属する三学級の中で第三組のみが、その第一部に当る学級にされ、他の二学級はその第二部にされて独語が教えられていた。第三組は、「古典クラス」とも時折呼ばれていた。第二外国語のない学級が一時期有ったことに驚かれる方も少なくないであろう。この学級に、あたかも文才に富む輩が多いかに見えるのは、その故か、はたまた、因果は逆なのか（この第一部は、戦後の昭和二〇年一一月二六日の「発学」によって即日からもはや右の拘束を受けない旨、示されて、束の間の命を閉じた）。右の措置にも軍部の匂いを感じるのであるが、いずれにしても、選修科第二部という形の中で残された第二外国語を、前述の昭和一七年の臨時措置の第二条の第二外国語と比べると、早くも、伊語および露語が、「等」の語の下に隠されてしまっていることは、この両外国語が事実上、どの高校にも置かれなかった可能性を感じさせる。少なくも私は、その存在を寡聞にして知らないし、また、五高になかったことは確かである。しかし、この事実の有無についても、全国各高校の当時生徒であった人びとに聞いて廻る他に、手段はないであろう。

しかしながら、右に関連して、英独仏語以外の外国語で問題たりうるのは、支那語である。これが教えられていた可能性が有るのは、私の記憶が少しは確かであれば、前述のことからして、一高ということになる。しかし、もしそうであったとしても、当時の制度の上では如何にしても支那語は第一外国語ではありえないことからして、「文丁」の存在は、俗称ならともかく、法規上はなかったことになる。

昭和一五年頃からの高校制度の大きな変化にここでついでに触れておきたい。昭和一五年頃に、一学級の三〇人編成が四〇人編成に変わった。また、この頃から文科の学級数が徐々に減らされて、逆に、理科のそれが増えた。昭和一六年から高校入試問題は、三たび全国的に統一され、これは同二〇年まで続いた（昭和二〇年春は、急迫した情勢下、統一問題をもってする簡単な筆答試験、中学校の内申成績、作文、面接および身体検査で合否判定したに過ぎない。翌二一年からは、各校別出題という形態に戻る）。昭和一八年一月の改正で、一八年入学者から高校の修業年限は二年に短縮された（昭和二一年三月の「発学」で、修行年限は三年に復し、このため、一九年入学者は二一年卒業となる。結局、一八年入学者のみが二年卒業である。従って、昭和二一年卒業者はいない）。昭和一八年六月に、一八年以前入学の在校生の半年繰上げ卒業が決った。昭和一九年八月に「学徒勤労動員令」が下り、生徒は工場へかり出された。この頃、徴兵年齢が一九歳に引き下げられ、文科の該当者は兵役に服した。かくて、暫くの間、高校は機能を停止した。まことに暗澹たる時代であった。

漸く、日本は敗戦を迎える。そして、昭和二一年五月の「高等学校規程改正」(文部省令第一八号)中、文科については、第一一条で、「第一外国語科ニ於テハ英語、独語及仏語ノ中一ヲ履修セシム　第二外国語科ニ於テハ英語、独語、仏語、露語及支那語ノ中第一外国語科ニ於テ履修セサルモノ一ヲ履修セシム」とあって、再び英語が第一順位に置かれると共に、もはや、伊語は姿を見せない。独語を除き戦勝国の語が並んでいるわけである。理科については、右の第一三条で、第一外国語は英語、第二外国語は独仏露語の中一、とある。こうなると、論理的には、理科については「理甲」のみとなって、理乙、理丙なるものはこの時に姿を消したことになり(これの附則に、二一年四月から適用、と無条件にあるので、二一年以前の入学者にも適用されたのであろう)、それ故にまた、「理甲」の語自体も存在理由を失ったことになる。つまり、理科はすべて、「理科」一本となってしまったのである。この場合、理科で第二外国語として、独仏語はともかく、露語を教えた高校が有ったのであろうか。なお、ついでにいえば、「理科」は、一本とはなったが、大学で工科系へ進む者と生物系へ進む者との伝統的な別を配慮して、適当な学級編成、科目編成および語学教育が、ここでは、行われたのではなかろうか(理科の各学年別の毎週授業時数等の表が、右第一四条に掲げられているが、文科出身の私にはよくは判らない。同窓会名簿によると、理科一本は、三高では二二年卒以後全部、六高、姫路高、五高では二五年卒のみであり、これらの総てで一年修了組は文理各科一本である。しかし、この種の名簿には信を置きえず、所詮、卒業証書を見る他なかろう)。(話は全く横に逸れるが、親愛なる南の隣人たる第七高等学校造士館は、この年、即ち昭和二一年の三月の勅令第一五六号をもって「造士館」の名を失ったことを、諸氏は、御存じであろうか)

旧制高校の命運つきる直前の昭和二三年一月の「昭和二三年度入学者選抜要項」(文部省告示第三号)の第一条に附された備考は、おそらく外国語に関する最後の法規的資料であろう。転記すれば次の通りである(今や、ひらがなが用いられている)。

㈠　文科の第一外国語は、甲は英語、乙は独語、丙は仏語とし、…。但し東京、大阪、浦和、静岡の各高等学校文科の中一学級は、乙丙夫々半数である。

㈡　文科の第二外国語は、英語以外の外国語を第一外国語とするものは英語を、英語を第一外国語とするものは、次の通りである。

一、第一高等学校、独語、仏語、露語又は華語

二、第二、第三、第六、第八、東京、大阪、浦和、福岡、静岡の各高等学校、独語又は仏語

三、第四、第五、山形の各高等学校、独語又は露語

四、山口高等学校、華語

五、其の他の高等学校、独語

右に、少しく註を加えておく。先ず第一に、この告示は、各学校で選抜要項を定めるための「参考」である旨自ら謳っている。それにしても、理科の第二外国語について全く触れていないのは、粗略というべきか。第二に、文科の第一外国語についてであるが、かりに文乙は全高校に置かれていたと推測しえても、文丙は、右の㈠に掲げられている四校（半学級である。大阪高が新たに文丙を持つに到った）の他には、今やどこに置かれていたのであろうか（これらの場合は各一学級であろう）。右に明言はない。しかし、右の㈡の二に示されている、仏語を第二外国語とする高校については、仏語教師の存在を推定しうることからして、その可能性が大きい。果せるかな、既述の六高の他に、友人らに聞き合せると、二高にも、八高にも、文丙は戦後に誕生しているし、また、戦前に既に文丙の有った一高、三高にはそれは戦後も厳存している。福岡高もそうであろう。第三に、われらが五高には、今や、露語が第二外国語として置かれているのであって、本稿冒頭で記述したように、中川教授が触れられた五高でのロシア語というのは、正しく、これを措いて他にはないのである。第四に、山口高では、文甲は第二外国語として華語だけを強制されたというのは、私には何だか奇妙な感じがする。これも時代の流れか。第五に、従来の支那語なる表現が「華語」に替っていることである。これも時の流れか。第六に、一高では、同窓会名簿によると、昭和二四、二五年卒の文甲は三または四種に分かれているが、これは右のことに関係するのか。ともかく、戦後は、高校外国語は、従来の英独仏に加えて露及び華が有って、花やかさを増している。戦前の高校卒業諸氏の中には、このことは、これまた戦後のことである旧制高校への女子入学の出現と共に、ご存じない方も多い筈である。

後日談を一つ。この告示に従い、受験し合格した昭和二三年度の高校入学者は、一年間高校生活を飢餓の中で味わっただけで、学制改革により、第一学年終了後の昭和二四年三月に高校から締め出されて、卒業しえない悲運に見舞われた（同窓会名簿に「昭和二四年（高等科一年修了）」とあるのは、この学年である。最近の映画「ダウンタウン・ヒーローズ」の原作者および監督の両氏もまたこの学年と聞く。私事であるが、私の妻も、姫路高でのこの悲運の一人である）。このため、右の外国語教育改革の構想は、その実効性を殆ど発揮しないままに終ったのではなかろうか（二二年度の入学者の方は、幸運にも満三年の修業の後、二五年三月に卒業した。五高では「龍尾会」諸氏の学年である）。

以上のようなことから、少なくも法規上は、文科理科共に終始、第一外国語は英独仏の三語に限られており、従って、甲乙丙の三類別しかなかったことが判明する（但し、高校末期の理科――事実上は理甲である――については別である）。それ故に、一高に、戦前とはいえ「文丁」が有った筈はなく、また、戦後の五高に「文戊」が有った筈もない。そして、そもそも丁のないところに戊は有りえないのである。右三外国語以外の、われらには聞き馴れない外国語は、総て、第二外国語としての扱いに過ぎなかったのである。

私は、法制史（西洋）という私の専攻の故に、ヨーロッパの殆ど総ての言語を大なり小なり扱う宿命に置かれて来たが、ドイツ語を五高で習ってからは、如何なる外国語にも肝を潰すことはなかった。ドイツ語で、私の一つしかない小さな肝は既に潰れてしまっているからである。そして、このドイツ語は、英語および後に学んだフランス語と共に、いまだに私にとっては、基幹語の三つとして、役立ち続けていてくれるのである。

甲類よ、乙類よ、丙類よ、その生命、久遠なれ。

（全国五高会会報第六四号、一九九一年）

半世紀前の入学生

中学生の頃、東一条の付近を通ると、いかにもフランス的な感じの瀟洒《しょうしゃ》な白亜の日仏学館が、その南隣りのこれはまたいかにもドイツ的で窓の小さいやや無骨な日独学館（現京大人文研の位置）と並んで佇《たたず》んでおり、京大や三高も盤踞《ばんきょ》するこの界隈には、子供心にも、学術文化のただならぬ威圧と異国情緒とを感じたのを、私は想い出す。

私は、終戦の年の春、兵役に服務中に旧制高校を卒業し京大に学籍を移していたが、この年の秋、復員して大学に通い始めて後間もなく、日仏学館に入学手続をした。勉学再開の喜びの中でそして総てが荒廃し切った空気の中で、当時世界最高と意識されていたフランス文化に、ここで接したかったからである。「佛蘭西へ行きたしと思えども」、行くことは全く叶わぬ夢のまた夢の時代であった。ドイツ語は高校で履修ずみということもあった。

仏和辞典を古本屋の老人に頼み一週間後やっと入手しえて喜んだが、一部に乱丁が有るのを見付け丁寧に補修して学習に備えた。初級の教室は熱心な学生で溢れていた。館長はロベール氏であったが、当時私が習った先生方は、赤マフラーのご老齢のカルドン・ドゥ・モンチニ氏、ひょうきんなオシュコルヌ氏、仏英日の混血と聞く同氏夫人、ロマン・ロランの宮本正清氏そしてフランス哲学の澤潟久敬氏と記憶する。オシュコルヌ先生が、窓から首を出して犬に向かって「やかましい」と怒鳴ったり、「うちの女房は財布の紐が固い」などと云って日本通をかいま見せたりされていたのが、昨日のように思い出される。

「世界文学」という雑誌でやがて実存主義を頻《しき》りに紹介されることになる伊吹武彦先生には、初級クラスの私にはお目にかかる機会がなかった。実存主義者サルトル著の「水いらず」と「壁」の先生のご高訳が出たのは、少し後のことであったか。日仏学館でも、フランス文化の紹介の催しが幾つかあった。これは、終戦直後の文化涸渇の状況の中では、大きな潤いであった。原智恵子氏が、稲畑ホールで、そのつど立ち上って自身で曲名を述べつつ、フランスのピアノ曲を多数弾いてくださった。また、J・デュヴィヴィエ監督の「舞踏会の手帳」の上映もあったが、画面に雨が降る老フイルムである上に、フイルムの巻の上映順序が入れ違って話が旨く続かないという不手際が有ったのも、今では懐かしい思い出である。オシュコルヌ先生が、青いハンカチを手に薄茶の背広姿で拳を振り上げつつフランス文化について大演説をぶたれたのは、この上映の前座においてであったか。

私が、特にフランス法の歴史を生涯の仕事とする機縁となったのも、実はかの入学である。以来、断続しつつ私と日仏学館との縁は続いている。これには京都日仏協会の仲立ちもある。学館内の、今はレストランを兼ねる懐かしのフランス庭園を、暫しの憩いを求めて、時に訪れることは、この頃の私の楽しみの一つでもある。

（FJ Kyoto〔京都日仏協会会報〕第一六号、一九九六年）

ドン・カルロス

終戦直後の大学時代、私は、法学部の学生であったが、しばしば、文学部の講義を拝聴にでかけた。何でも血肉になりそうなものは知りたいというのが主たる理由でありはしたが、また、文学部の高名な先生方の謦咳《けいがい》に接したかったということもある。

或るとき、暇をぬすんで、ドイツ文学の三浦アンナという先生の、シラー作「ドン・カルロス――スペインの王子」の講読に出てみた。これは、たまたま少しく前に無理算段をしてシラーの原書の全集を手に入れていたからでもあるとともに、戦争のために高校以来しばらく途絶えていたドイツ語の勉強をしてみたかったことにもよる。

高校では、戦前、ドル先生という方にドイツ語会話の初歩を習ったが、アンナ先生は、その名が示すように女性の先生であった。そのころは、まだ、ドイツ人は日本に少なかったこともあって、久かたぶりのドイツ語を懐かしく「聞いた」。もっとも、このアンナ先生とは、この時が初対面であったが、いささか私とは因縁もあった。というのは、小学校時代に、やはり同じ小学校にいた私の弟の横にいつも並んでいたのが、彼女の娘のハルナさんであって、このハルナさんの、ドイツ人との混血の白い顔を、私は良く知っていたからである。

この講読に出席していた学生は、七名くらいであったと思う。先生は、戯曲ドン・カルロスの原文を少しずつ読みながら、説明をされて行く。もとより、総てドイツ語をもってである。ドイツ語に未熟な私は、よくは理解できないながら、高校時代に戻ったような気分にひたることができた。もっとも、高校のときのドイツ語の日本人の教授達は、皆、はなはだ厳しいことで共通していて、時間中寸刻も緊張を止めえなかったが、アンナ先生の場合は、ただ聞いていれば良いので、気楽であった。しかし、先生は、忠実にページを追って進まれるのではなくて、頻繁に何ページかを飛ばして進んで行かれる。そのたびに、その個所はどこのページなのか、私は懸命に探しまわらねばならなかった。ところが、この困惑は、私だけではないことがすぐ分かった。ほとんどの学生が、自分の持つ原典に対して私とほぼ同じことをしていたからである。時折、先生は、進行を中断して、「どこか分からなくなりましたか」と日本語でおっしゃり、学生のところへ出てきて、わざわざそのページを繰ってくださるのである。そのたびに、学生は、「われらは、まだまだドイツ語には未熟だなあ」と、お互いに、目と目とで話して、にやり、としたのを覚えている。

そのとき、私のすぐ横にいた学生の襟章を見ると、医学部の学生であった。はて、もぐりは私一人ではないのか、と見渡すと、ほとんどの者が、他学部の学生である。彼らもまた、私とほぼ同じような思いで、この講義を受けに来ていたのではなかろうか。そして、そのとき、一人だけ、ドイツ語が分かりまた話せそうな学生がいた。どうも、彼だけが、文学部の、それも、独文の学生らしかったのである。

右は、何でもない一例の話であるが、卒業単位にもならぬ他学部の講義を、聴きに行く学生が多かった当時を、今、私は、懐かしく振り返るのである。アンナ先生はまだ御健在であろうか。また、ハルナさんは、どうしているだろうか。

（未発表）

六甲台にて

舊・阪急六甲驛界隈

陽春卯月には正門から本館に通じる並木の桜が、皐月には杜鵑《ほととぎす》の吐いた血に染まった躑躅《つつじ》が、水無月には梅雨の水滴に打たれて微かに首を振る紫陽花が、夏には樟や赤松を震わせる蟬時雨が、神無月には斜面にほろほろと零《こぼ》れる萩の花が、霜月には燃え立つ楓と真黄の公孫樹《いちょう》の葉が、そして、凍てつく冬の夕べには綺羅星のような百万弗の夜景が、というように、四季それぞれに耳目を楽しませてくれた神戸大学六甲台を去る日が、私にも近づいた。私がこの法学部に赴任したのは昭和二十八年暮であったから、既に三十五年に近い歳月が流れてしまった。まことに邯鄲《かんたん》の夢である。懐旧の情に駆られて、変貌のまだ小さい方である六甲台構内のことはさておき、私の赴任した頃のその周辺の風情を、右記のような題に託して何程か書き記しておきたい。

六甲台が霜を凌いで立つ丘の東側も西側も谷である。西側は、昔は、ケーブル駅に通じる唯一のバス道で、一時間に一、二本しかバスの便（第一六号系統）がなく、出校時には歩くこと多かった坂道であるが、今やバスは中途で右折し、旧道には山際までマンション等が建ち並びつつある。東側は、昔は、雑木の生い繁った人跡稀な渓谷で、か細いリラが花を咲かせているのを見かけたこともあり、また、栗鼠《リス》が遊ぶのを見たという人も居た。今、山形改まる程に整地されてしまったここには、教養部の広大な学舎が蟠踞《ばんきょ》し、谷の北上方には大団地が建設され、そして、谷間沿いに裏六甲へ通じる街道からは終日自動車の列の轟音がこの鶴甲の谷を揺がせている。正しく、パラダイス・ロストである。

六甲台南麓の広大な緑の芝生の中に点在したアメリカ駐留軍将校住宅ももとより今やその痕跡を留めず、跡地には、わが神戸大学諸部局の建物が犇《ひしめ》き合っている。曽ては近道であった、右将校住宅地の北側をかすめて正門前に通じる、崖に作られた数百段の急な幅狭い石段も早くに潰されて、あの断崖の下には今や民家が所狭しと建ち並んでいる。

この附近から例の道を下って行くと、例の如くに「登山口」の交叉点に来る。昔の面影は留めているが、多くの新しい店舗が賑い、交通量は増大し、騒然たる空気である。昔の諸氏には必ずお馴染みの、そして、御存命時の古林喜楽先生がビールの一杯機嫌でふらふらと出て来られるのを時に見受けたカフェ「エクラン」は、健在ではあるが、悲しくも、この雑然たる環境の中に埋没した感が深い。この地点から、今でもバスが通っている例の狭い道――この両側も今や商店で賑っている――を下ると、愈々阪急六甲駅界隈である。

六甲台へ通われた同窓生および教職員の諸氏は、たとえ「省線」(当時は阪神電車国道線が有ったために混同を避けて、「国電」と言わずに昔ながらに「省線」と言い慣わしていた)や「阪神」の利用者でも、この六甲駅には様々の追憶をお持ちのことであろう。この駅とその周辺は、その昔は、高級住宅地域に属し、いかにもハイカラで多少エキゾチックで閑静でまた上品な、そして、牧歌的な感じであった。京都から十三を経てこの駅に着く私には特にその感が大きかった。

下車すると、そのつど駅員が操る横滑りの踏切柵が開くのを屢々《しばしば》長く待たねばならなかった程に、朝夕でも乗降客は多くなかった。そして、特に春、駅構内の北側斜面に東端から西端までゆったりと植えられていた躑躅が一斉に大輪の花を咲かせているのは、余裕も感ぜられて、さすが神戸郊外、阪急沿線というように相応しくもあった。

線路山側に在る駅舎は小さな木造平屋で、構内地面から数段上がれば改札口、そして、ここを出れば直ぐ見えるのが駅前の例の巨大な一本のヒマラヤ杉であった。多分、この杉は、曽て学舎が筒井から六甲台に移った時から、六甲台諸氏と馴染深かったのではなかろうか。この杉を中心にして今と同じ程度の、しかし青天井の駅前広場が有ったが、大学の第一時限開始直前を除き常にここは閑散であった。右駅舎の東にこれと殆ど接して藤棚が有り、この下に数個置かれているベンチで、間隔時間の甚だ長いバスが浜側から上って来るのを待ち侘びながらぼんやり坐っていると、目に入るものは、ヒマラヤ杉と、広場東北角在のユトリロの絵にあるような一軒の洋式住宅と、そして、西北隅に在った小屋掛け風の花屋に置かれた色彩豊かな花であった。早春、この店に並べられるシクラメンは、京都より到来の早い「神戸の春」を感じさせる程に、私には印象が強烈であった。

花屋の北隣にうどん程度が食える簡易食堂が有った他は、店らしいものは殆どなかった。ただ、この店を少し西へ入った南側に、南庭に円形の野外舞踏場を備えた実に重厚で古典的な建物の喫茶店がひっそりと有って（店名忘却。乞教）、これまた「神戸の郊外」を感じさせるに充分であった。もとより、「登山口」への道も浜側への道も、大型車一台が辛じて通れる程の幅員に過ぎなかった。タバコを買うにも、阪急踏切を下に越えた直ぐの所に田舎風の古い小さな店が赤い鉄粉にまみれて隣家と軒を並べていたに留まる。

懐古はこの程度にしよう。今日の阪急六甲駅界隈の情景は、歎かわしくも、若い凌霜《りょうそう》人衆は既に御存知の、全国到る所に有る斉一的で平凡な終日雑踏を極める騒然かつ雑然たる一電車駅界隈に堕したものに成っている。

神戸大学や六甲台の充実と共に、阪急六甲駅界隈もまたこのように全く変貌して了った。これらの中にいた私は、この三十有余年の間どれ程の成長をしたのであろうか。ともあれ、六甲台に所縁有る我ら多数の輩の哀歓成否生歿を、これのみは昔と変わらぬ、駅浜側在の摂津国八幡神社の森の樹々の梢は、今後も、長い目で静かにそして温かく見守り続けてくれるであろう。

（凌霜第二九八号、一九八八年）

神戸大学法学部の草昧期——昭和三十五年頃まで

一　はじめに

昭和二十八年三月に法学部は初めて卒業生を出した。私は、この年の十二月にこの法学部に着任した。このようなことで、担当者の方から神戸大学法学部の創設について書くことを依頼されはしたが、創設準備期から完成年度末まではまだ居合わすことのなかった私が、これを引き受けるのは適当ではないはずである。しかし、真実創設に携わられた先輩教授達は総て、既に幽明境を異にしておられ、また、完成に努力されたご存命の少数の先輩教授達は、今なお矍鑠《かくしゃく》たるお姿ではあるが、忘却の淵に沈み始めているこの頃の記憶を救い上げる作業には、私以上に大きな困難を感じられることであろう。しかし、誰かがこの大任を果たす要がある。そうなると、その完成直後に赴任してその頃のことを折りにふれて聞くことのあった、そして、停年退官の直前に用あって、法学部の倉庫に潜り込んでその頃の資料を多少とも調べたことのある不肖私が、その大任を果たすべき宿命を帯びることになろう。着任時教授会の末席に座っていた私がこれを書くことには、まことに感慨無量なものがある。これを叙述するに際して改めて浮かんだ疑問の点については、法学部の瀧沢教授を煩わせて調べて戴いた。また、運良く私の妻の陽子が法学部の第一回卒業生であるために、その記憶で補強しえたところも多々ある。以下、脱漏や誤記が実に多いかも知れないが、補正給われれば幸いである。

二　法学部第一回生の入学、カリキュラム、学生定員、等

昭和二十四年三月に、他の諸学部と同じく法学部も、新設の神戸大学の中の一学部として、入学試験を行い、この月のうちに合格者（「法学部第一回生」）が決定した。合格者は、約三か月間自宅待機となり（この間、大学は受入れ準備を行ったのであろう）、同年七月十一日に入学式が挙行された。式場は、六甲台講堂であった。この講堂は、当時、進駐軍に接収されていて映画館となっていたが、特に許されて式場となったものである。しかし、翌日からすぐ夏期休暇に入る。そして、同年九月四日(?)から前期授業が開始し、十二月二十五日(?)まで続いた。後期授業は、翌二十五年一月四日(?)から、三月末まで行われた。これらの授業は、御影、姫路の両分校で為された。昭和二十五年四月からは、第一回生について

も、また、この年に入学した第二回生についても、授業は正規に作動して行った。なお、それら第一回生の一年前およびこれ以前に入学していた旧制の各学年の授業は、昭和二十四年においても、四月から正規に作動していたのである。

この法学部第一回生は、入学後一年半を経て教養課程を終った昭和二十五年十月十六日から（現実には、十月二十三日の月曜日から）、六甲台学舎で、専門教育を受けることになった。授業が開始された幾つかの専門科目（これの数は少なかった。なぜならば、法学部にはまだ三年生・四年生はいないので、二年生後期の配当科目だけの開講で充分であったからである）については、第一回生は、事実上は、旧制に同一名の科目があるときは同一教室で旧制の学生とともに聴講するというシステムであったために、満員の大教室での授業を受けることも多かった。

右のようにして専門課程が作動し始める直前の昭和二十五年九月二十七日に、法学部最初の教授会（「法学部第一回教授会」）が開かれている（後述）。これまでは、「法学部教授会」なるものは、存在しなかったようである。

第一回生に、卒業のため履習の要件として示されていたものは、専門教育課程（シニア）については、簡略には次ぎの通りである（昭和二十五年十月十日施行の「法学部規程」による）。専門教育科目の全単位数は九二単位。内、必修科目としては、演習一科目（四単位。二年継続隔週一齣＝「二時間」＝一〇〇分。第三年次と第四年次とで演習担当教官を変える要があった。この点に限り、第二回生から同一教官が二年間担当することに変更された。演習は、規程上は法学部専門科目八単位で代替可能であるが、事実上は全員が履修していた）および外国書講読二科目（計四単位。英書、独書または仏書。通年毎週一齣）であり、また、他学部の選択必須科目としては、経済学部および経営学部の科目で法学部が特に指定した一二科目の中から三科目（計一二単位。経済例、経済原論、経済政策、経営学総論の如し）があり、残りの単位は、法学部固有の一般講義科目から任意に選びえた（但し、これには緩い選択必修制が採られている）。この計九二単位の専門科目の他に、一要件として、専門教育課程に入ってからも外国語一科目（二単位。英語、独語または仏語。通年毎週一齣）が必修とされていた。外国書講読および外国語の各二単位は、一般講義並みに計算すれば実質は四単位であるから、学生は、実質一〇〇単位の取得を卒業要件とされていたことになる。

因みに、学生が最初の一年半を過ごす一般教育課程の法学部学生用のカリキュラムは、昭和二十五年度入学者、即ち、第二回生から実施された「一般教育課程修学心得」によれば、専門課程への進学の要件は、簡略には次の通りである（昭和二十四年度入学者、即ち第一回生についての資料を私は見出しえなかった）。計六四単位の取得を要し、内、人文科学系列および社会科学系列から各一六単位、自然科学系列から一二単位、語学一六単位（内、第一外国語（英、独または仏）八単位。第二外国語（英、独、仏、露または中）八単位）、および、体育四単位である。

後、昭和四十二年十月の履修規程全部改正で、卒業要件としての専門教育科目の総単位数は九八単位となる。内、経済・経営両学部の右記三科目は選択必修として残されはしたが、外国書講読（今や二単位。半期毎週一齣）は、演習と同じく、規程上は必修を解かれた。しかし、外国語一科目は、依然必修とされつつも、一単位（半期毎週一齣）に減ぜられた。この改正にもかかわらず、実質一〇〇単位が依然として要求されているのである。

更にその後、同四十五年四月の一部改正で、全単位数は、八四単位に減少されると同時に、経済・経営両学部の右三科目さえもが随意科目となり、また、外国語科目は遂に完全に廃止された。

学生定員は、八〇名であった。学生が六甲台に上がって来るのは入学後一年半経ってからであるから、シニアの法学部学生総数は、僅か、前期一六〇名、後期二四〇名に過ぎず、このため、職員は学生全員の名と顔を知っている程に、学部は小規模でまた家族的であった。後日のこととなるが、学生定員は、昭和三十九年に一二〇名、同四十七年は一七五名、同五十五年に二〇〇名となり、そして、同六十二年に三〇名の臨時定員増となって行く。

他方、その後、昭和三十年に法学部第二課程（夜学）が八〇名定員で発足したが、同三十三年に六〇名に減員となり（学力等の理由で、毎年定員数を入学者が割っていたことに起因したはずである）、同五十五年にまた八〇名（内二〇名は編入学）に復活した。

なお、昭和二十七年度末に法学部が完成すると同時に、大学院法学研究科（修士および博士課程。私法と経済法との二専攻。後、同三十五年に私法と公法との二専攻に改組）が発足した。

三　法学部の講座編成、教員構成、等

学部の教員の定員ないし講座制などについて、手元にある資料に基づいて確かめられうることは、次の通りである。それ以外の重要な諸事にも触れつつ、ほぼ時の流れの順に見てゆくことにする。

法学部発足の直前である昭和二十三年七月の日付の、文部省へ提出の「設置許可申請書」の中では、法学部の教員定数については、教授一七名、助教授一五名および助手一二名、計四四名、とある。

次ぎに、昭和二十四年三月の日付の、「神戸大学法学部」の学部案内がある（文面からして受験生向きに三月に作られたようではあるが、新入生に七月に配布されもしたようである）。これの

本文は、法学部の効用や有用性と、本法学部の優秀性および遠大な抱負を、約二〇行余にわたり高らかに謳い上げ（本稿稿末に添付の「参考資料」を参照）、そして、これに、講座名およびその内容（学科目）、さらに、教授陣容が詳しく付記されている（活版刷一枚）。

ところで、ここには、本学部専門課程の「講座」として、次の一八が列挙されている。法哲学、法史及法社会学、憲法、行政法、刑事法、民法（第一）、民法（第二）、民法（第三）、商法（第一）、商法（第二）、商法（第三）、民事訴訟法、国際私法、経済法、労働法、国際法、英米法、政治学。そして、これらに加えて、教養課程の「講座」として、次ぎの二が列挙されている。法学、政治学（法学部の教養課程講座、ということについては、昭和三十九年まで「教養部」なるものは官制化せず、教養課程担当教官は、各学部に分属していたことによるのであろう）。

そして、教授陣容としては、次ぎの二〇の教官名が、職名および担当講座を付記して一覧表にされている。即ち、松尾敬一（助手。法哲学）、国歳胤臣（教授。法史及法社会学）、俵静夫（教授。憲法）、原竜之助（教授。行政法）、柚木馨（教授。民法第一）、木村友三郎（助教授。民法第一）、林良平（助教授。民法第二）、谷口知平（教授。民法第三）、西原寛一（教授。商法第一）、八木弘（教授。商法第二）、北村五良（教授。商法第三）、山木戸克己（教授。民事訴訟法）、川上太郎（教授。国際私法）、福光家慶（助教授。経済法）、田岡良一（教授。国際公法）、田中保太郎（教授。英米法）、森義宣（教授。政治学）、塩尻公明（教授。政治学）、西川知一（助手。政治学）、広橋次郎（助教授。法学概論）。結局は、この時には、教授一四名、助教授四名、助手二名という構成である。しかし、この表は、予定的なものらしく、現実には、その後、かなり大きな変更が生じたことは、後述の通りである（以下では、姓のみを記し、名は省略。また、敬称も省略）。

因みに、昭和二十四年七月現在での謄写版刷りの「職員名簿」（「仮名簿」である）の中の法学部の項でも、右とほぼ同様である。ただ、ここでは、原、谷口、西原、田岡の四名は、「兼任教授」であり、また、塩尻は「兼担教授」となっている。他の教授は、すべて専任教授である。多分、これが正確な職名であろう。

昭和二十四年五月三十一日（公布、同日施行）の「国立大学設置法」により、神戸大学の職員定員は、一〇一五名と定められた。そして、同年六月二十二日の「文部省令」による右法律の施行規則では、次ぎのように規定されている。学長一、学部長および分校主事六、教授二〇九、助教授一三六、講師二五、助手三一、付属学校の長と教員四五、教務・技術・事務職員五六二（名）である。しかし、この資料には、各学部の内訳については、まったく示されていない。

昭和二十四年度の陣容等に関しては、ほぼ以上の通りである。

次いで、翌昭和二十五年の五月以降、即ち、法学部第一回生が、まだ教養課程にありながらも、二年生（前期）になるときには、事態は、もう少し明らかになる。

昭和二十五年五月一日付の、同じく謄写版刷りでの「職員名簿」では、忠実に記せば、次ぎのようになっている。学部長北村。（事務長、徳富敦（経済学部事務長。法学部兼任））。助教授、西川、早川武夫☆、広橋（御影分校へ貼付け）。講師、尾上正男☆、とあり、これらに、「神大、神経大へ貼付け」として、以下のごとく列記がある。教授、柚木、川上、俵、八木、国歳、山木戸。助教授、福光、林。助手、松尾。以上であるが、いずれにせよ、教授八（ここには名が記されていないが田中は学長・教授であるために、これを加える要がある）、助教授五、講師一、助手一という陣容である。なお、右の☆印は新任である。ここに見える「貼付け」の目的が私にはやや理解し難いが、新学部の専門課程はまだ開始せず、しかも、旧制学校（旧経済大、同第二学部、同専門部―この二つは昭和二十二年設立）が併存しているために、過渡的な措置が採られていたのであろう。

この状態は、第一回生が、二年生の後期、即ち、初めて専門課程に入り込む十月以後になると、形を整えてくる。前にも一言したのであるが、その直前の昭和二十五年九月二十七日に、「第一回法学部教授会」が開かれている（本館の応接室にて。一時三〇分より）。この時のリストが残っているが、次ぎの通りである。教授、田中（学長）、北村（学部長）、柚木、川上、俵、八木、国歳、山木戸。講師、尾上（実質的には教授待遇講師）。助教授、木村、広橋（やがて昭和二十六年度末に和歌山大に転出される）★、福光、林、早川、西川、山田幸男☆、福田平☆。助手、松尾である。この時点では、教授八、講師一、助教授八、助手一、計一八名という構成である（このリストには、ありうべき兼任、併任の教授の名はない。次の分節を比較参照）。また、同月十五日付けで、黒田一二が法学部専任事務長となっている。なお、☆印は新任である。このリストにメモされているところによれば、この時、これらの中で、早川、山田、福田は、内地または外国への留学中で欠席、田中、山木戸、広橋は欠席、そして、俵、国歳は遅刻である。

次いで、時移り、第一回生が既に三年生中頃となっている昭和二十六年十月一日付けの今や活版刷りの職員名簿によれば、次ぎの通りである。学部長・教授北村。（事務長黒田）。教授、田中、柚木、山戸嘉市☆、川上、俵、八木、国歳、尾上、山木戸、田岡（兼任）、原（併任）。助教授、木村、林、福光、西川、早川、福田、山田、大竹秀男☆、窪田宏☆、嘉納孔☆。助手、松尾。この時点では、教授一二、助教授一一、助手一、計二四に数は増加している。なお☆印は新任である。右の山戸教授は、大学院設置のために迎えられた人である、と聞いていた。また、この中で、木村、林、福光の三名については、やがて同年十二月五日に教授昇任決定の運びとなる。

これより一年余の後、第一回生が四年生になった昭和二十七年度には、即ち、完成年度には、教官数はさらに増加し、学部は顕著に充実することとなる。二十七年度の職員名簿は残念ながら散逸しているが、この年度の後期、即ち、昭和二十七年十二月七日時点の法学部教官のリストは、保存されている。これによれば、次ぎの通りである。教授、田中(学長)、北村(学部長)、田岡(兼任)、柚木、山戸、川上、俵、原(併任)、八木、国歳、尾上、山木戸、木村、福光、林。助教授、西川、早川、福田、山田、大竹、窪田、嘉納、松尾、碧海純一☆。講師、久保敬治☆。助手、河本一郎☆。この時点では、既に、教授一五、助教授九、講師一、助手一、計二六名となっている。なお、☆印は新任である。また、助手は、河本の他にもいたが、これらは流用による正規の助手でないものである。

かくて、法学部は、二十八年三月に初めての卒業生を送り出して、完成年度を締めくくる。

ついでながら、完成直後の昭和二十八年度の教官構成についても触れておきたい。

昭和二十八年春の資料によれば、次ぎの通りである。なお、カッコを付してこの中に各教官の主たる専攻を、私の記憶に従い、入れておいた。しかし、これは、時間割上の講義科目とは必ずしも一致しない。時間割を引用することは、余りにも煩雑であるからである。

学部長　柚木（民法。後、学長）★。（事務長　黒田）。

教授　福光（経済法）★、俵（憲法）★、原（併任―大阪市大―。行政法）★、柚木★、林（民法。但し、同二十八年十月に京大へ転出）、木村（労働法）★、国歳（商法）★、八木（商法）★、山戸（海法）、山木戸（民事訴訟法）、北村（商法、経済法）★、川上（国際私法）★、田岡（兼任―京大―。国際法）★、田中（学長兼任。英米法）★、尾上（外交史）。

助教授　松尾（法理学）★、大竹（日本法史）、山田（行政法）★、福田（刑法）、窪田（保険法、海法）、嘉納（国際法）★、早川（英米法）、西川（政治学）、碧海（法理学。但し、三十三年度末に東大へ転出）。

講師　久保（労働法）。

助手　河本（商法）、高木多喜男☆（民法）、福地（現、塙）陽子☆（民法）、上村明広☆（労働法）。他に、上田徹一郎、河崎（現、北島）平一郎、神矢三郎、松下五夫★、山口喜雄。

なお、二十八年度早々に、河本が助教授に昇任し、また、その後の十二月には増田毅☆（政治史）、塙浩☆（西洋法史）の二名が講師に新任された。☆印は新任である。助手に新任の高木、福地、上村そして上田は、本法学部第一回卒業生である。以下の★印は、一九九四年一月現在での故人である（以下も同じ）。つつしんで追悼の意を表する。

つまり、昭和二十八年度末の陣容は、教授一五、助教授一〇、講師三、正規の助手四、計二七名となったのである。

その後数年間（昭和三十五年頃まで）の人事のことにも、一言触れておきたい。昭和三十年度に水野豊志（行政法）★が助教授として、また、西原道雄（民法）が講師として着任する。同三十一年度には、高木、福地の二名が講師に昇任する。同三十二年度には西賢（国際私法）が助教授として、同三十三年度には南院泰美（政治学）が助教授として、また、同三十五年度には鈴木正裕（民事訴訟法、現学長）が講師として、着任する。しかし、この間、山戸は、三代目法学部長の後、同三十二年度末に、北村は三十四年度末に、そして、田中は同三十五年度末に、停年を迎え、他方、水野は同三十三年に、また、木村は同三十五年に、ともに急逝した。

これらの他に、創設以後、右の期間にも非常勤として、数名の方に学部専門教育につきご協力を戴いている。例えば、佐伯千仞（刑事訴訟法）、田中周友（西洋法史）、森義宣（政治学）★、谷口知平（相続法）★、宮本又次（日本経済史）★の教授達の如くである。

法学部が完成し終えた時点である昭和二十八年三月末から一年半経った同二十九年九月

七日に、「国立大学の講座に関する省令」、即ち、所謂「講座令」が出て、即日施行された。この省令によると、本法学部は、一七講座編成であり、それの教官定員数は、教授一七、助教授一九、講師一、助手六である（この時の、法学部の現員数は、助手を除いて、二六名であった）。この一七講座とは、次ぎの通りである。

憲法一、民法三、商法二、刑事法一、国際法一、海法一、民事訴訟法一、経済法・労働法一、国際私法一、法理学一、法史一、英米法一、行政法一、政治学一、である。

この「講座令」の後における、法学部の講座増につき、ついでに触れておくと次ぎの通りである。増設は、昭和三十四年に労働法講座（ここで労働法は初めて経済法と分離した）、同三十八年に刑事訴訟法講座（なお、この年に「完全講座化」が実現している）、同四十二年に政治史講座および西洋法史講座（なお、この年に、文部省の勧めにより、法学部は、単一学科ではあるが「法律学科」を持つに至ったが、「法学部法律学科」となっただけで不思議にも学部予算は増大した）、同四十三年に比較法講座、同四十四年に国際関係論講座、そして、さらに、同四十八年に経済行政法講座、同五十年に法社会学講座、という経過である。かくて、八講座の増設が実現し、計二五講座にまで膨張したのである。しかし、この場合、「完全講座化」以後の教官定員数の増加は、教授・助教授のそれに関する限りは、横ばいに近い状態であることから見て、この二五講座は、もはや総てが完全講座ではなくて、既存の助手ポストの振替えによる教授ポスト増にすぎないと記憶する。

なお、さらに、昭和五十五年に、大竹学部長のご努力により、五コース制を伴う大講座制（一〇の「大講座」）が開始し、教授ポストは飛躍的に増大する。即ち、これにより、同六十二年の時点では、法学部の教官定員数は、七三となる。内容は、教授四三、助教授二二、助手八である。この助手ポスト数の激減からみて、助手ポストの大幅な教授ポストへの振替え等が推定されうる。同時点での現員は、すでに六四名と定員数に近づいてはいるが、実は、この中には、かなりの数の不正規な助手（「事務助手＝研究助成助手」）が含まれていることにも注意される要がある。

さらに、右の講座増というより寧ろ教授ポスト増は、概ね、学生定員増（前述）と時期的に関係していると見られうる。なお、昭和四十三年十一月二十八日から翌四十四年八月八日の封鎖解除までの期間は、歴史的ともいえる大学紛争の時期である。また、同五十四年には、文部省による共通第一次入学試験が開始する。

話を、当時の法学部事務室のことに移そう。私が着任した昭和二十八年十二月の時点での事務の陣容は、二十八年度の職員録によれば、次ぎの通りであった。事務長黒田（前述）。庶務課掛長吉坂武男★、同掛員として長尾慶一、西尾英夫★、陶山晴子、間宮貞夫、山口喜雄。会計掛長大坪庸一、同掛員として長塩充子。補導厚生掛長酒井茂雄★、同掛員として宮武寿六、来栖正直★、中西輝子★、である。

四　学舎、研究会、学生生活、等

建物や部屋のことに話を移す。法学部学生が、当時、教養課程の一年半を過ごした姫路分校および御影分校のことは、さて置くとする（昭和二十四年の大学発足時、本学「教養課程」は住吉の赤塚山に置かれ、これの「姫路分校」が姫路市に置かれるという構成をとったが、翌二十五年から、前者は、「御影分校」と改称され、しかも、同二十六年には、阪神御影駅の北、即ち、東灘区御影町字師範へ移転した）。ただ、六甲や御影から家の遠い学生は、大きな寮を持つ姫路分校の方に配分されたことだけをつけ加えておこう。

彼らが二年半の専門課程を過ごす六甲台学舎は、まだ、四季それぞれの美しさに彩られたこじんまりした閑静な学舎であった。学舎の統合は現実には程遠く、学生数は少なく、周囲の開発はなかったことによる。正面前にたたずむと、瀬戸内海の眺望が何にも妨げられず一杯に開けており、少し近くでは神戸製鋼所の煙突が時折有害そうな赤い煙を吹き出すのが見られた。さらに、直下の現在文理農三学部のキャンパスの地には、進駐軍の将校住宅が点在する広大な緑の芝生が目を休ませてくれた。時に思い出したように港に停泊中の船が太短い汽笛を鳴らすのが聞こえもした。寂しいながらも牧歌的な環境であった。

当時、鉄筋の建物は、本館、兼松記念館、図書館、講堂（進駐軍が接収中）だけであり、他に、木造の建物として、学生食堂（後、台風の夜に火事で消失）、職員食堂、木造研究室（現第四学舎の位置にあった）および「緑の館」（講堂の西側）ぐらいのものであった。まだ、引揚げや戦災による戦後の住宅難の折から、教職員の幾所帯かがこれらの建物に住んでいた時代である。

法学部は、本館に、他の二学部と相い住まいであった。本館玄関を入ってすぐ左の北側の小部屋が、法学部長室兼教官控室であり、この二つは衝立で仕切られていた。法学部事務室は、玄関のすぐ右の南側の小部屋であった。教官研究室は、右の「木造研究室」と兼松記念館とに分散していたが、前者の研究室は、二名の相部屋であった。総て、手狭であった。その後、数年して第二研究室が、また、十数年して第二学舎（現法学部棟）が、さらに、十数年して第四学舎ができたに過ぎない。

法学部の創設に際して、秀逸な学部を作るために、出身大学の如何を問わず、優秀な研究者を全国から多少の無理をしてでも集めたい、という新法学部の人事面の基本構想は、実に広い視野と識見を持たれていた田中および北村の両教授（ともに、恐ろしく長期にわたる在外研究歴のある方であった）から出たものと、かねがね聞いていた。確かに、当時も既に学部は、京大、東大、東北大、神戸大関係の出身者らによる勢いのよい混成軍団であった。初期のその構想は、生き続けて、この学部のその後の発展に大きく寄与したと、私は今も信じている。他方、新法学部の具体的な講座組織およびその他の制度の面で詳細な企画の任に当たられたのは、八木教授（後に学長）であったようである。八木教授がご存命ならばこの詳しい経緯は明らかとなるであろうが、これはもはや闇に包まれてしまった観がある。ともかくも、私の着任のときには、これらの先生方、そして、その他の先生方のご努力により、前述のように、法学部としての好ましい形と実質とは、ほぼ既に整い始めていたのである。

法学部創設当時の詳細な事情および経緯等につき、後日のために、その当時直接に関与されていた少数の元長老教官が集まって話し合い、この声をテープにとって残して置こう、との動きが、昭和五十年代の窪田学部長時代にあり、これは、実行されはしたのであるが、不成功に終わった。私にはその理由は不明であるが、話のうちに激論よりも度を越える状態となったらしいのである。

当時の法学部では、毎月「八法会」と称する研究会が、学部全教官を構成員として、そして外部の人も交えて開かれていた。この名称は、遥か以前の旧制大学時代以来存在していた法律関係教官達の研究会の構成員が八名であったことに由来する、とかねてから聞いていた。しかし、この八名のご尊名は、今や詳らかではない。この会とは別に、「判例研究会」と称する会が、神戸近辺の裁判官、弁護士らをも交えて、毎月開かれていた。そして、毎年、桜の花が満開となる四月前半には、これら両者の合同研究会が、職員食堂で開かれ、平素の欠席常連をも含めて親睦を温めるのが慣例であった。これを別名「花見会」という。今も右の二種の研究会は、この両者を併せた「八法会・判例研究会合同例会」なるものが、春には所謂「花見会」と称して法学部で、また、秋には神戸地方裁判所で、即ち、年二回、開かれるという形で生き続けている（昨秋のこの会の案内状には、いかなる計算に基づくものなのか、「第二五四回目」とあった）。

他方、昭和二十五年度の、多分後期に、本法学部の全教官および全学生を会員として、「神戸法学会」という研究組織が作られた（規程は同二十六年四月に制定されている）。これの仕事の一つに研究紀要の発刊があり、この紀要は「神戸法学雑誌」と命名されて、昭和二十六年三月にその創刊号が刊行された。これは季刊であり、今も変わることなく続いている。これとは別に、昭和三十六年からは、校費支出による欧文紀要が、年報の形態で刊行され始め、これまた今日まで続けられている。さらに、昭和六十一年三月には、それらの他に、校費支出による「神戸法学年報」が発刊され始める。なお、その他に、経済・経営・法の三学部共同で、大学院生のために「六甲台論集」（季刊）が、昭和二十九年八月から発刊されている。

当時の六甲台の教官の意識か、とも思われるものの一斑について一言すれば、次ぎのようなものがある。旧制大学たる神戸経済大学の直系の三学部が経済、経営および法の三学部であることは異論ないにしても、このうち法学部のみは生まれるべからずして生まれた非嫡出子である、との隠れた声があったようである。もっとも、経済、経営両学部は、これまた互いに本家争いをしている、との隠れた声も聞かれていた。創設直後暫くの間の、うたかたのような話である。しかし、大体、この三学部は、当時、「山の三学部」として、いざというときには結束して「下の諸学部」から嫌われていたにもかかわらず、その内輪では、常に暗黙の対立と競争をしていたのである。これもまた、昔話になっているであろう。

草昧期の法学部学生、特に草分けともいわれるべき第一回生のシニアでの学生生活は、どうであったか。幾つかを拾うと次ぎの通りである。

旧制大学から新制大学への移行期で多少とも混乱のあったこの時期には、前述したように両制度の学生が混在していたことから、この両種学生の間に微妙な対立感情があったようである。聞けば、旧制の学生は新制の学生を軽視し、他方、新制の学生は、この中には、学制改革により旧制高校の一年終了で新制大学に改めて試験を受けて入学した者が比較的数多いこともあって、経済大学予科のまたこれ出身の旧制の学生を軽視するという風潮があったようである。これには、詳細については既にどこかで記述されているように、旧制姫路高校が、神戸経済大学との併合を最後まで嫌ったことと共通するものがあったのである。この異種の集団の潜在的対立は、旧制時代が遠退くにつれて、おのずから解消したはずである。

法学部学生に限らず、六甲台の学生総ては、敗戦の余塵がまだ残っていたこの頃は、何かにつけて不自由をしていた。学生食堂は、昭和二十七年までは食物は売ってはおらず、また、冬、暖をとりうるものは、この食堂に置かれていたただ一つの石炭ストーブであった。冷たい教室で、持参の冷たい弁当を食べるしか仕方なかったのである。ケーブル行きバスの運行は稀で、あの坂道を歩くしかなかった。スクールバスが、朝一時限目のために二回、夕一回だけであるが動くに至ったのはやはり二十八年になってからである。

就職難の時代でもあった。ゼミの指導教授は、学生のために、就職口を探して一つ一つ丁寧な推薦状を書くことに労せざるをえなかったのである。就職にコネが重要視された時代でもある。

法学部の女子学生の数は、まだ少なかった。即ち、第一、第二、第三の各回生はそれぞれ一名、第四回生二名、第五回生四名、第六回生二名、第七および第八回生はともになし、第九回生（昭和三十六年卒）一名（以後、省略）である。しかし、彼女らは殆ど皆成績優秀であった。純家庭人となった人達を除けば、その職業は、大学教員、公務員、裁判官、弁護士、国会議員というところである。彼女ら女子学生のために、本館裏出口の横に、女子更衣室の小さな白い木造の建物が作られたのは、これも漸く昭和二十八年のことである。

五　おわりに

法学部に私が着任したときから今にいたるまで、法学部長室に一つの小さな真鍮製の立像が、四角のガラス箱の中に収められて、飾られている。これは、ヨーロッパでは古代ギリシャの昔以来、法と正義の女神とされて来た「テミス」像である。この像は、右手を高く差し上げて指で天秤様の衡器（はかり）をつまみぶら下げており、左手は下げて地上にこじりを着けた長剣の柄を堅く握っている。両眼は布で鉢巻様に目隠ししている。解釈は種々ありうるであろうが、ともかく衡器は、法に照らしての判断のないしは利益の衡量を、剣は司法権力ないし執行権力を、そして、目隠しは公平性を表現している。テミス像またはこれの持つ小道具、特に衡器は、マークとして、ヨーロッパの諸地の法学部、裁判所、法律書店または法律書に用いられているのが見受けられるのであるが、法学部長室のテミス像は、ルネサンス以来のまさしく典型的な一形態であると同時に、私がこれまでに見たテミス像の中では最も典雅秀麗である。実は、この像は、初代法学部長の北村教授による、そして多分学部長時代のであろう、寄贈になるものである。このことは、この像の中に収められた巻物の中に明記されている。故教授がこの像をどこで入手されたかは、もはや不明である。多分留学中にであろう。ともあれ、この像を、わが神戸大学法学部の草昧期の思い出として、そして、また、わが法学部のシンボルとして、末長く大切に保存してほしいと思う。

（完―一九九四年一月記）

参考資料

昭和二十四年七月（第一回募集）

神戸大學　各學部入學案内

神戸大學法學部　昭和二十四年三月

法學なるものはローマ法以來二千年の長きに亘つて洗練を重ねられ來つた處の傳統の最も古い學問であると共に、時代の變革期において常に偉大な思想的影響を及ぼし來つた處の先驅者的學問である。その性格においては正義の象徴として、時流にこびず權勢におもねらず嚴として正義を護持し來つたこと、内外の歴史の上に普く人の知る處である。而もわれわれの現實生活において、政治、經濟その他日常生活の末端に至るまで法の規律の對象たらざるはなく、苟も事の指導者たらんとする者にとつて法に關する素養を欠如することの如何に致命的であるかは、知識者の日常經驗する所である。立法、司法の諸機關の構成員は勿論、政府諸官吏もその大半が法學修習者であり、民間においても辯護士はもとより、一方において經營の指導者も他方において労働運動の闘士もその過半が曾ての法學生によつて占められている事實は、この事を雄辯に物語るものである。法を極度に尊重する英米の制度が今後日本に浸透するにつれて、この傾向は更に激化することであろう。神戸大學法學部は西部日本の中心たる阪神の地に住む優秀な青年學徒のために、右の如き重要な使命を有する法學の修習の場となさんがために、雄大にして清新な構想を實現しようとする。まずその規模においては、講座數二〇、專任教官の定員五七名に及び、規模においてこれを凌駕する法學部は恐らく他に數指を屈するのみであろう。その施設においては、阪神の地を一望のもとに見はるかす六甲山中腹の白堊の殿堂を學舍とし、日本有數の圖書館と研究室とに輝かしい學問的精進が約束せられている。殊に最も強調したい點はその教授陣の構成であつて、現在までに決定した教授豫定者二十名中十六名までが舊制官公立大學の令名高き教官によつて占められている事實は、本法學部が目下叢出《そうしゅつ》せんとしつつある他の地方的新制大學と如何に趣を異にするものであるかを證して餘りあるものがあろう。かくて本法學部完成の曉には、阪神地區を代表する法學部として、いな日本屈指の大法學部として、その使命を達成しえんことを固く期している次第である。學問と正義とを愛する者、官と民とを問わず、資本側と労働者側とを問わず、苟もその指導者たらんとする子弟が、本法學部の門を叩かれんことを望むや切なるものがある。

付　記

(一)　本稿は、「神戸大学史紀要」第四号（「神戸大学百年史編集委員会」編。一九九四年三月刊）に掲載した塙　浩（神戸大学名誉教授　法学部）著「神戸大学法学部の草昧期―昭和三十五年頃まで―」を再録したものである。但し、旧稿にあった数個所の誤謬・誤植は、本稿では訂正してある。

(二)　旧稿では、一九九四年三月現在での逝去者の名には、★を付したが、その後の一九九九年一〇月までの逝去者で私の知る方々は、次ぎの通りである（敬称省略。順序不同）。山戸嘉市、田中周友、尾上正男、南院泰美、黒田一二。

（神戸法学雑誌第四九巻第三号、二〇〇〇年）

退職随想

人間生活や学問でもとより常にそれなりの苦しみは味わいながらではあるけれども、私はこの大学で、私としては恵まれすぎた環境の中で研学生活を送りえた。この間、存分にしたいことをし、また、言いたいことをいって来たから、今更述べることは、ほとんど残っていない。幸い生有って停年を前にし、情においては、盧生の夢よ今しばし醒めざれの感なくはないが、頭脳が硬直化し始めていることを既に自身で感じているから、当然にも私は、新進気鋭の新手と入れ替わらねばならない時機に来ているのである。学問の進歩にとって、停年とは良く作られたものであると、つくづく感じている。特に、今や我が物顔に世に横行している、化け物にも似たコンピュータなるものに対する強度のアレルギーの持主である私の場合は、もっと早くに年貢を納めるべきであったかも知れない。

大学構成員諸氏からこの数十年にわたり受けた御厚情に深謝するとともに、我が大学の発展を心から祈る。

（神戸大学学報第三七八号、一九八八年）

摂南大学雑記

茨田の散策

生駒山のなだらかな山裾から流れ出る一つの川が昔の寝屋村を通る。この村の名は、この付近に古代、大陸からの渡来人で馬を牧していた独身の牧童らの寝泊まりする小屋、即ち、「寝屋」が点々とあったことに由来する、といわれている。この川は、やがて北から来る川を迎えいれ、さらには、今は、淀川からの新設導水路と合流して、京阪寝屋川市駅前を流れる。即ち、寝屋川である。生駒山西麓では、昔は、既に農耕その他の先進技術を伝えてくれていた渡来人による馬の飼育が盛んであり、このために、諸所に馬や牧にちなむ地名が残されている（「生駒山」もその一つ）と同時に、渡来人に関係する地名等も少なくない。例えば、これまた現市内にある、秦（はだ）とまた太秦（うずまさ。この二語の訓はともに絹と関わりがある）と称せられている二旧村の如し。

わが大学は、市内の西北端に近い、淀川のほとりの旧池田村にある。淀川にまだ堤防がなく、これが、いわばタレ流しの状態にあって、雨降るたびに河流を変えながら徐々に大阪平野を作りつつあったころ、農民は不断の洪水と排水とに悩まされていた。

古事記によれば、仁徳天皇が、淀川に、茨田堤（まむたのつつみ。「むばらた」が「うばらた」、「（い）ばらた」と転じた後、「まむた」となったが、今は、「まった」または「まんだ」、という。寝屋川市を含む郡が「茨田郡」といわれるのはこれに由来する）を、渡来人（記には秦人、紀には新羅人とある）の技術を借りて築く。もっとも、仁徳帝が築いたのは、当時の権力や技術の発達の程度からして、村のみを囲む堤、即ち、輪中にすぎなかったのではないか、との有力な異説がある。

日本書紀によると、この築堤にさいして、二カ所の閉塞がうまくゆかなかったとき、天皇の夢に各一人の命を河神にささげれば成功するとの神のみ告げが現れたために、武蔵の人強頸（こわくび）と河内の人茨田連衫子（まむたのむらじころものこ）がこれに選ばれた。前者は悲しみつつ水に沈んでいったが、後者は瓢箪で策をろうして犠牲を免れた、というのであるが、いずれにしても、堤は完成した。このことにちなんで、その二つの断絶個所、即ち、「断間」（たえま。のちには「絶間」とも書く）は、それぞれ、強頸の断間、衫子の断間と名付けられる。伝承では、前者の位置は現大阪市旭区の千林と、後者の位置は、大学の僅かに北の、堤防に接した旧太間（たいま）村とされている。この太間は、昔の断間が転じたものである。大学から数分しか離れていないにもかかわらず昔ながらに牧歌的なこの村の、小さな森の中の太間神社にある碑とその少し北方の堤防上にある茨田堤の碑とは、右のことに少しく触れている。

時移り、豊臣秀吉は文禄年間に諸大名を動員して、当時には既に崩壊してしまっていた茨田堤を再構築する。これが文禄堤（別名、慶長堤、太閤堤、国役堤）である。京大坂を結ぶ街道は、それまでは水の障害のため四條畷付近を迂回していたが、文禄堤の完成で守口から枚方までは堤防道となり、京大坂間の最短路が実現した。この街道は、大坂側からは京街道、京側からは大坂街道または河内路と呼ばれていた（大坂側は京橋を起点に、守口、枚方、淀の三宿駅を経て、伏見京橋または鳥羽口に至る）が、広義の東海道の一部でもあり、また、淀川の舟運と並んで、京大坂間の幹線交通路であった。「寝屋川市誌」と題する市編纂の書には、それぞれにそれなりの由緒ある一番（現守口市在）、仁和寺（にわじ）、黙野（しめの）、太間（たいま）、木屋（こや）および出口（現枚方市在）の各旧村に属する京街道部分の松並木や人家や高札や一里塚の点在する絵図が挿入されている。江戸時代には三十石舟に代表される、淀川を行く舟は、明治に蒸気船がこれに代わるまでは、下りにはほぼ流れにまかせたが、遡行には、ヴォルガの舟歌の光景よろしく、いく人かが舟に綱をつけ全身汗して川岸を曳航した。このため、京への上りには長時間を要し、舟賃も下りの三倍ないし四倍であった。したがって、京街道の宿駅は、上り客が極端に多いいわゆる片宿であったのである。

文禄堤は、明治二十九年から四十三年までの、治水の経験と技術に優れたオランダ人技師を招いての科学的計算に基づく淀川堤防の大改修工事でもはや殆ど形を留めていないと聞く。これの痕跡を地の一古老に問うたところ、太間神社北の、現堤防の裾とそれに沿う家並みとの間の小道（昔は現堤防側にもう少しは幅員が広かった）が、昔の京街道の名残りとのことである。今残るこの文禄堤は、現堤防（現茨田堤）に比べて遥かに低くまた貧弱なことが一目でわかる。この堤は、汽車電車、国道等の開通により、淀川と同じく、かつて賑わった街道としての役割を果たし終わり、今やここでは人声を聞くこと稀である。諸所にあった渡しも今はない。

わが大学の高い階の窓から見下ろす、茨田堤に沿って流れ行く淀川の景観は、あたかも青きドナウの悠々たる流れを見るように、すこぶる雄大壮麗である。朝、数艘の舟が淀川を枚方へ向かって遡ることがある。これを眺めつつ想うのは、日本書紀の継体紀にある近江毛野臣（おうみのけなのおみ）の喪船（もふね）の歌である。紀によれば、彼は、新羅および百済により圧迫された壬那（みまな）に対する日本救援軍の総司令官として朝鮮半島にあったが、こと有って、解任され急遽呼び戻された。しかし、不幸は重なり、故郷の近江への帰途、対馬で失意のうちに病死した。ここにいう対馬とは、旧対馬江村、即ち、現寝屋川市の対馬江町（京阪バス車庫の西方）らしい。棺は舟に積まれ、従者らの吹きならす笛（角笛か。貝笛か）の音に包まれながら、淀川を遡り、枚方経由、宇治川から近江の入口に達し、ここで彼の妻は姿変わったこの若殿を迎える。このとき、この妻が、胸張り裂ける悲しみで詠んだのが、次の歌である。

枚方ゆ、
笛吹きのぼる、
近江のや、
毛野の若子（わくご）い、
笛吹きのぼる。

大阪平野の勾配の極度のゆるやかさと当時としては高い文禄堤としばしば堤防決壊で生じる洪水とから来る用水確保および排水の必要上、用排水の水路網が、現寝屋川市地域でもすこぶる発達していたようである。文禄堤の裾に鉤門附き用水樋（閉管扉を備えた導水管）が作られて、淀川の水を取り入れる工夫がなされていた。これは、仁和寺にも黠野にも太間にも木屋にも作られていた。木屋のそれから引かれた水は、二十箇用水路（にじゅうかようすいろ）と称せられる運河によって、近辺下流の二十の村をうるおしたが、別に、鞆呂岐悪水路（ともろぎのあくすいろ）という幹線排水路もあった。寝屋川市駅の前の寝屋川より二〇メートルほど西にある常は黒くよどんだ小川は前者の名残りと、また、さらにその西五〇〇メートルほどのところを流れる小川は後者の名残りと、思われるのであるが、地図を片手の私のささやかな探訪によれば、この二つの水流と支流の水路網の図を完全に復元することは、実に興味深いことながら、市中の諸所で道路や水路の建設その他の開発が既に行われてしまった今、かなり困難である。

現寝屋川市の景観には調和があるとは、遺憾ながら、いいがたい。しかし、またそれゆえに、ひとたび本道から脇道に、また茨田堤近辺に、さらには寝屋の山間などに歩を運べば、いまだに北河内の古い素朴な面影が多々残っている。ましてや歴史伝承古蹟を検しつつ散策すれば、詩情はまだまだ至る所にあるはずである。

（摂大キャンパス第九四号、一九九一年）

交野の四季

学び舎（や）は茨田（まんだ）の野辺の花小町明るく清く麗わしきかも

これは本学寝屋川学舎のことである。私は前に「茨田の散策」と題しこの周辺につき述べたので、今度はここから薬学部のある枚方《ひらかた》学舎を訪れる。

春風や堤長うして家遠し（蕪村）

延々たるこの淀川文禄堤に沿い京街道を古事を尋ねつつ枚方学舎へ向かおう。

昔渡しのあった交野《かたの》郡の旧出口村を過ぎると、早くも枚方である。一説では平潟に由来する「ひらかた」は、古くは牧方と書き、馬の牧（まき）で知られていた。この集落は、近世には京街道の宿場として栄える（「馬百疋に飯盛女百人あり」）。

散る花の地籠に舞うや春の水（亀天）

淀川の客船めがけ漕ぎよせ荒々しく喧びすしく酒飯を商っていた「くらわんか舟」は、特に有名である。

喰らう蚊とくらわんかとにも起こされて寝る間も夏の夜の川舟（作者不明）

酒売りに夢破られて朧月（梅園）

これのすぐ北で天野川が淀川に入る。

天の川遠き渡りになりにけり交野のみ野の五月雨の頃（為家）

花崗岩のきらめく砂が流れるこの川から古人は天の川さらに七夕を連想したらしい。

一とせに一度び来ます君待てば宿貸す人もあらじとぞ思う（紀有常）

彦星よこれ枚方の馬遣ろう（浪花大江丸）

ともに、七夕だけに天の川を渡り織女星に会いにくる牽牛星を扱う。この川には一種の羽衣伝説もある。

これを渡ると古歌に名高い旧渚（なぎさ）村に来る。昔惟喬（これたか）親王遊猟のときここに宮を営むと一書に見え、この宮は渚の院（いん）と称せられた。ここで詠まれた歌は多い。

君（主）恋いて世を経る宿の梅の花昔の香にぞなお匂いける（土佐日記）

世の中に絶えて桜のなかりせば春の心はのどけからまし（業平）

花の色の厭かず見ゆれば（るが）帰らめや渚の宿にいざ暮らしてむ（たい）（俊成）

交野なる渚の桜いく春か絶えてといいし跡に咲くらむ（法印定円）

院の東の岡を渚の岡という（今の御殿山か）。
うちつけ（瞬間）に渚の丘の松風を空にも波の立つかとぞ聞く（信明）
わたつみの渚の岡の花すすき招きぞ寄する沖つ白波（同）
この地一帯は既に、東方の連山の麓まで、交野（片野とも記す）の原である。昔、ここは、百済人がいたこともあって天子の遊猟の地となり、庶民は立入禁止であった。御野（みの、おの）、三野、禁野（きんや）ともいう。
踏むは惜し交野の若菜雪深み雉子（きぎし）の跡を尋ねてぞ摘む（郁芳門院安芸）
またや見む交野のみ野の桜狩り花の雪散る春の曙（俊成）
鶉鳴く交野に立てる櫨（はじ）紅葉散らぬばかり（程度）に秋風ぞ吹く（親隆）
狩り暮らし交野の真柴折り敷きて淀の川瀬の月を見るかな（公衡）
霰ふる交野のみ野の狩り衣濡れぬ宿貸す人しなければ（藤原長能）
北へ船橋川を渡る。急流のため舟を連ねた橋を用いたのでこの名があるという。
これやこの空にはあらぬ天の川交野辺行けば渡る舟橋（光俊）
やがて、楠葉（くすは）である（昔は葛葉とも今は樟葉とも書く）。この名は、敗走兵が恐怖で屎を褌から洩らしたこの村が屎褌（くそはかま）と称されたことによる（崇神紀）。
曇らじな真澄みの鏡影添うる葛葉の宮の春の夜の月（関白左大臣）と古歌にあるが、この宮での三神器をもっての継体帝即位の事実は定かでない。ここにも渡しがあった。

寒そうに春布子着て渡し守（斑竹）

谷崎潤一郎の小説「芦刈」の舞台はこの北方にある。

京街道を外れ船橋川に沿い東に向かう。やがて洞（ほら）が峠に着く。筒井順慶がここで山崎の合戦を日和見したとの伝承は史実ではない。この峠を、先年の国道一号線開通までは、狐狸も歩む細い東高野街道が通っていた。桜井の駅で父と別れて故郷に帰る楠木正行が歩いた道はこれか。

漸く交野のみ野の東北端に来た。そして、正しくこのほとりに白亜の殿堂が紺碧の天空に屹立《きつりつ》している。即ち、われらの薬師学舎（くすしや）こと薬学部の枚方学舎である。

薬師学舎も交野の桜匂うごと明るく清く麗わしきかも

（摂大キャンパス第一〇五号、一九九三年）

図書館と読書

この四月に、田村満穂教授の後をうけて図書館長に就任しました。皆様の御協力をえながら、私なりに図書館の充実に努めるつもりでいますが、同時に、私は、独立館の実現を、大学の皆様と同じく、悲願とするものでもあります。

以下、ごく平凡なことですが、特に学生諸君に、図書館や読書について一言します。

大学では、自分の専門領域やこれの隣接諸領域について基本的知識を身につけること、そしてまた、それの応用力を充分に養うことが求められます。同時に、これらの知識や力を、将来、実社会の中で適切に用いるために、専門のいかんを問わず、幅広い教養を備えることが求められます。

これらの要請を満たす手段の中で、授業等と並んで、最大でありしかも中心となるものは、今の時代でも、もとより、書物です。このため、図書館では、必要な書物等（ニューメディアをも含む）を数多く備えて、これを諸君が充分に利用されることを望んでいます。

大学図書館で、どんな本を読まねばならないか、また、読んだらよいかは、各人自身が判断するべきことですが、専門領域に近いものほど先生方の指導や助言を受けることが有効ですし、また、教養に関する本の選択についても、必要ならば、先生方や先輩や友人の有益な示唆がたやすく受けられるはずです。各人の専門や好みにより本に対する価値判断が違うのは当然ですが、熟読に適するもの、読みとばしの方がよいものなど、読書にも種々あることも、図書館になじんでいるうちに自然と分かることでしょう。そして、一生自身のそばから離せないような本にめぐり合えたならば、それは、すばらしいことでしょう。

このような本について、私の友人の一例を挙げて、この挨拶をしめくくることにしましょう。

高校時代、文学と哲学にこりすぎた男が、私のクラスにいました。彼は、後、大学でも、社会学を専攻しつつも、形而上学にこり、図書館に入りびたっていましたが、その後二〇年ぶりで彼と再会したのは彼の勤めている大阪南部の小さなマーケットにおいてでした。ややあって、彼は、ポケットから手あかでまっ黒になった岩波文庫を一冊取り出し、私に見せていわく。「これ、道元の正法眼蔵（しょうぼうげんぞう。有名な一仏教書の書名です）たい。週刊誌ならそのつど金がかかるけど、これなら一生一冊で済むたい」、と。少し私も驚きましたが、読書の妙味もここにおいて極まるというべきでしょうか。

（学而（摂南大学図書館報）第三〇号、一九九二年）

電子図書館の時代——図書館は大学のＤＮＡ

大学図書館というものは、各大学でそれぞれに、研究に必要な図書を保管し、索引カード箱を備え、当該大学関係者に対して利用の便宜をはかる、という古いイメージは、もはや急速に通用しなくなってきている。世の情報社会化に対応して、各大学図書館が占める位置は、大学内でも、一国内さらには世界でも、また、それの機能や形態も、すでに大きく変わりつつある。

いわば、大学図書館も、さまざまな大きな制約がある中での、激動と模索の時代に入っているのである。ところで、ここに、一つの方向を示してくれるように思われる動きがある。

最近の新聞報道によると、アメリカの名門コロンビア大学の法学部で、蔵書や文献資料だけでなく音や映像情報も電子化した図書館システムを開発した、とのことである。未来の図書館とも見られるべき、いわゆる「本」のない電子図書館時代が、いよいよ幕開けしたといえよう。

同大学の副学長で図書館長であったバッティン女史は、数年前「図書館は大学の心臓である」とのアメリカの古来の格言に代えて、「図書館は大学のＤＮＡである」、と提唱した。「ＤＮＡ」とは、周知のように、生物の生存に必須のあらゆる遺伝子情報が書き込まれている物質である。この新しい格言は、「図書館は、大学の核心であり、大学が生きて活動する上で必要な総ての情報を確保・処理できる機関である」、との意味であろう。

女史は、「情報確保上の無能力は、直ちに大学教育の質につながり、ひいては、大学の存在自体をも脅かしかねない」、ともいう。

このようなことから、同大学では、図書館と計算センターとを統合して、学術情報センターにするとともに、上記のように電子図書館の実現に到達したのである。

この二点については、その影響力は、わが国のかなりの数の大学で、既に現われつつあるし、また、将来急速に強く現われてゆくであろう。

わが図書館も本学のＤＮＡたりうるために情熱をもって対応していかねばならない。

（学而（摂南大学図書館報）第三三号、一九九三年）

翻訳の周辺

白きリラまた咲かむ頃

宝塚歌劇団の「すみれの花咲く頃」の歌(C)は、シャンソンの替え歌と聞く。資料不足で正確を欠くが、その経緯はほぼ次の通り。ウィーンで、「白きリラまた咲かむ頃」と題される歌が生まれた。これの作詞家はロッタ、作曲者はデーレ。このドイツ語原詞は、私には不明。翌年にこの歌のフランス語訳詞(A)が出現。これは、ルリエーヴル、ヴァルナそしてルヴレによるとされる。これとは別の一フランス語訳詞(B)が有るが、作者不明。或いは、前者はルリエーヴルの作で、後者は他の二名の何れかかも知れない。もう一詞あることも有りうる。フランス語原詞の掲載は総て省略。作詞に忠実な拙訳を左に試みた。(A)の詩には、後記資料に添付の作者不明の日本語の既訳を併記した。／は改行個所。

(A)　春よ、春。汝《なれ》こそ／森の中にて待たるるもの／春来りなば、この森に、幸溢るる恋人あまた／二人連れあい訪れむ／吾が優しく愛する女《ひと》を／うっとりせしむるもの、そは、汝《なれ》にこそ／春よ。吾、かの女《ひと》を抱かむがため／リラの助けを待ちてあり。

白きリラまた咲かむ頃／人は、とりとめもなき繰り言せむ／お人好しをほろ酔いにする／春の虜《とりこ》となりて／女《おみな》ら、心奪われ振舞わむ。

白きリラまた咲かむ頃／人は、誓いの総てに耳そばだてむ／浮かれたる愛が／白きリラまた咲かむ頃／皆の頭を呆《ほう》けしめむ故にこそ。

（既訳―作者不明―）春よ…春／仕合わせそうな恋人達が／連れ立ち歩み／皆んなが森で／待っている／君なのだ…／夢中になる程／私の好きな／うっとりさせる／君なのだ…／春よ！リラの花と諸共に／腕に抱こうと／待っていた…／真白きリラの／花咲く頃は／まどわしの言葉を／女に語り／自分の虜《とりこ》にするだろう／春は、愚か者を／有頂天にさせる…／真白きリラの／花咲く頃は／すべての誓いを／聞くだろう／何故なら、春は／何処も彼処も／恋のお祭り／真白きリラの／花咲く頃よ！

(B)　白きリラまた咲かむ頃／ラ・ヴァレヌのほとりまたノジャンのほとり／風にそよぐ楡《にれ》の木陰に／夫々に好みの道を辿り／吾ら、集い行かむ／緩やかに／流るる水は／淡青の色に澄み／白きリラまた咲かむ頃／日曜日来りなば／前と同じく、吾らに「汝《なれ》を愛す」と囁かむ。

もろもろの歌／翼拡げて／舞い戻る／歌にして古き極みは、麗しの極み／白きリラまた咲かむ頃／ラ・ヴァレヌのほとりまたノジャンのほとり／風に葉そよぐ楡の木陰に／夫々に好みの道を辿り／吾ら、集い行かむ／その時、吾が心／はたちに若返えらむ／しかして、古き時代の／小曲をば／また、浮かるる心をば／村はずれの酒場の片隅に／歌いに行かまほし／その調べ、名を「白きリラ」とぞいう。

(C)　春、何ゆえ／人は汝を待つ／楽しく悩ましき／春の夢、甘き恋／人の心酔わす／そは、汝／菫《すみれ》咲く春／菫の花咲く頃／初めて君を知りぬ。…／菫の花咲く頃／今も心ふるう／忘れな、君／吾らの恋／菫の花咲く頃。

（資料、(A)の詩は「戦前欧米音楽復刻集」（一九八二年、日本コロンビアK・K・）中の第三六番（歌手はソルビエ）に、(B)の詩はCD「ダニエル・ビダル」（ビクターエンタテイメントK・K・）中の第六番に所収。上記経緯には、前者に添付の葦原英了氏の解説を参照した。）

リラ咲きて猫も鼠を捕り忘れ

（原詩A）

Printemps, printemps, c'est toi. / Qu'on guette dans les bois, / Où les aments heureux / Vont s'en aller par deux, / C'est toi qui feras se pâmer tendrement, / Celle que j'aime éperdument. / Printemps ! j'attends, pour la tenir / Dans mes bras, La complicité des lilas !

Quand refleuriront les lilas blancs / On se redira des mots troublants / Les femmes conquises / Feront, sous l'emprise, / Du Printemps qui grise / Des bêtises !

Quand refleuriront les lilas blancs / On écoutera tous les serments, / Car l'amour en fête / Tournera des têtes / Quand refleuriront les lilas blancs !

（原詩B）

Quand refleuriront les lilas blancs / Près de la Varenne ou de Nogent / Nous irons ensemble / Sous l'orme qui tremble /Le long des chemins / Qui nous ressemblent / L'eau qui se promène / Doucement / Nous dira "je t'aime" comme avant / Au temps des dimanches / Peuplée de pervenches / Quand refleuriront les lilas blancs.

Les chanson reviennent / A tire d'aile / Et les plus anciennes / Sont les plus belles / Quand refleuriront les lilas blancs / Près de la Varenne ou de Nogent / Nous irons ensemble / Sous l'orme qui tremble / Le long des chemins / Qui nous ressemblent / J'aurai dans la tête / Mes vingt ans / Et la chansonnette / Du vieux temps / Ou le coeur en fête / Au creux des guinguettes / Nous allions chanter / Les lilas blancs.

（FJ Kyoto〔京都日仏協会会報〕第二〇号、二〇〇〇年）

雲雀に寄す

シェリー

よくぞ、汝れ、明るき精よ。
　汝れはしも、鳥にあるまじ、
天よりや、はた、その側よりや、
　惜しまずに妙なる調べ奏でつつ、
汝れは、己が満てる心を降り注ぐゆゑ。

いよよ高く、いや高く、
　天を突く火煙りのごと、
大地より、汝れは飛び上り行く。

　紺青の天つ空を、汝れは羽ばたき、
歌ひつつ常に舞ひ、舞ひつつ絶えず歌ふ。

夕されば、沈みし陽
　たな引く雲を下より照らす。
立ち籠むる金色の光の中、
　汝れはなほ、たゆたひ、また、走る、
今しがた体より離たれし魂の極まる歓び宛《さなが》らに。

仄かなる紫紅すら、
　汝れが飛ぶ周りには掃かれおり。
白昼に輝く、
　天つ空の星にも似て、
汝が姿見られえず。されど、吾、汝が声高き歓びを聞く。
　曙にすら目をくらますする程に
　　強き灯火に輝く

銀の天つ空より放たるる
　もろもろの矢は鋭く、
物見るによしなし。されど、吾、歓びそこにしあるを覚ゆ。
大いなる地も大いなる気も皆ながら、
　汝れ残す声音にて賑はひてあり、
夜の帳《とばり》、既に閉じ、
　独り居の雲の間より、月、光を放てども。
天つ国も、汝が声音にて、なほ溢れ満つ。

汝れは何ぞや。吾知らず。
　汝れに似る極みのものを、何とせむ。
虹の雲より降り落つる
　滴りにすら、その輝きは見られえず、
汝が霊気より旋律の雨降り注ぐとき程の。

そは、もの思う霊光の中に隠れおり
　聖りの歌思はずして口吟む

或る詩人宛《さなが》らに、
　天地の造り成さるるまで、
望みにも恐れにも慄《おのの》きを見せしことなかるまじ。
そは、気高き家の育ちにて、
　宮居の塔の中に住み、
秘めし時間をはかりつつ、
　部屋満たす甘き琴の音もて、
恋に煩ふ魂を宥《なだ》むる乙女に、さも似たり。

そは、露の谷間にぞ憩ひいて、
　姿をば眼より遮る花草の
中にて、見定めえぬままに、
　かそけき色を四散する
薄金色の土の螢に、いと似たり。

そは、緑の葉蔭に隠るるも、
　暖風襲ひて花々を、

己が甘き香を放ち
　翼強きこの盗人を酔ひ痴らすまで、
もがれ行く、かの薔薇草に、げに似たり。
　ちらつく草に降り注ぐ
　　春の驟雨の立つる音、
　雨に目覚むる花の色、
　　これら皆、いつにても、清く鮮かにて心楽し。
されど、汝が調べこそ、これらに優りてあれ。

吾に教へよ。妖精よ、しからずば、小鳥よ。
　いかな甘き思ひこそ、汝がものなりや。
吾は、未だ聞きたることなし、
　　愛または酒の讃美なりて、
溢るる歓喜、息を切らしむる程にかく勝れしものを。

　婚礼の合唱は、
　　または凱旋の歌は、

汝がものと、げに似ることあらむ。
　されど、それは虚ろなる表れを越えず、
その中に或るもの足らずと、吾覚ゆれば。
汝が楽しき調べ湧く
　泉たるものを何とせむ。
いかな野か、波か、はた山か。
　いかな姿の空はた原か。
汝れのみに備はるいかな愛か。苦しみのいかな不知か。

汝が清き激しき歓びあらば、
　憂さは有りえじ。
苛立ちの影すらも、
　汝れに近寄りしことなかるまじ。
汝れは、愛す。されど、愛充つる悲しさ知りしことあらじ。

　目覚めては、はた、眠りては、
　汝れは、死につき考うる筈。

その思い、死の宿命負う吾夢見るにもまして
　真にしてまた深かるべし。
しからずば、いかに、汝が調べ、かく澄む小川に流れえむや。
　前を見ては、後《しり》へを見ては、
　　物欲しと、憧るるかな、吾。
　腹からの笑ひといえど、
　　苦しみの、そこにあるべし。
吾が美しき極みの歌に、悲しさの極みの想、籠るとぞ知れ。

されど、もし憎しみ、誇りはた恐れをば、
　吾が蔑みえむならば、
また、もし吾
　涙せざる生れのものたらば、
汝が歓喜、常に吾が傍らに届くとは、思ひえず。

楽しき響の奏でいる
　いかな韻律にも勝れあれ、

諸書に記されある
　いかな宝より優りあれ、
汝れ、地を嘲るものよ、汝が持つ詩人の妙技こそ。
汝が頭知ること確かなる
　喜びの半ばを吾に教えよかし。
さらば、あの如き調べ和する狂喜、
　吾が唇よりも流れ出む。
このとき、吾今耳傾くるごと、この世は耳をば傾けむ。

漱石の「草枕」は、私の生涯の愛読書の一つである。熊本市とその西方の有明海とは、金峯山というかなり高い山に隔てられている。そして、この山の麓を、熊本市から海へと向かうくねくねと曲った古い街道が通る。「草枕」の冒頭の少し後に出てくる「峠の茶屋」は、ここにある。ここを越えて、緑の段々畑の蜜柑山を左右に見上げながら谷間を縫って行くと、突然海に出る。この付近が、この小説の主な舞台の一つであろう。もっとも、漱石が滞在したのは、これを海に出て、北方に行った小天《おあま》温泉らしい。今夏、「峠の茶屋」から海辺へと初めてこの道を通ってみて、「草枕」に描かれた風景さながらなのに驚いた。彼がこれを書いたのは、熊本の旧制五高の教授の時代である。かつてその五高で学ぶことのあった私には、この作品は、様々な意味で、思い出の書でもある。

その作品の中に、シェリーの「雲雀の詩」が一節（第一八節）だけ、訳を附して出てくる。この詩の全部を、私は年来知りたく思っていた。最近、暇あって、その詩の総てに漱石ばりの訳をつけて、この中にその名訳をはめこんでみたが（一ヶ所だけ、語を附加した。第五行冒頭の「吾が」、である）、四苦八苦したこの拙訳も、見られる通り、かの名訳の部分に比べると格段に劣る。それにしても、この詩を読むうちに、「非人情」に徹し切っていては絵は完成しないとする、「草枕」の末尾に表れ出る着想は、漱石が、シェリーのこの詩から得たのではないか、という思いがふと頭をかすめた。

底本には、Poems by Percy Bysshe SHELLEY, Belle & Hyman, London, 1979を用いた。


（未発表）

訳書追言

創文社の並々でない御好意により、拙訳『フランス法制史概説』が漸く梓行された。野田良之先生に間一髪の差で今生においてお届けしえなかったことは、痛恨の極みである。

本誌に雑文を弄しうる紙幅を与えられたので、この機を借りて、学術上の翻訳作品に関する、現時点での私の翻訳技術観の一端を、右拙訳に関する釈明の意味をも含めて、披露させて戴く。

私の場合、横文字と縦文字とでは読む速さの比は数十倍に及ぶから、翻訳が有ることは至極重宝である。しかし、横を縦にすることには、経験者の誰もが痛感されるように、諸種の甚だ大きな困難が必ず伴うものである。抑々、翻訳の対象たる原典の選定の適切さは前提であるとして、或る外国語の学校文法を知っていることと、眼光を紙背に徹しつつ読みこなすことと、これを国語で適切に表現することとは、夫々性格の異るものである。早くも第一関門で躓《つまず》くことが少なくない。その道の専門家たることも要求される険しい第二関門を通り損うことは更に多い。第三関門は、寧ろ国語力の関門であって、ここから適確でしかもまろやかな語や文が現れ出れば、初めて成功というよりは、そこで当然のことが終るということに成る。ここでは主として第三関門に触れたい。

言語は時と共に移ろうために、年齢により言葉に対する感覚と嗜好は異りまた文字に対するそれらも違う。私は、大正一四年生れ、中学と高校を通じ国語漢文の古典教育で存分に鍛えられた旧制野郎であることを、読者諸氏はお含みの上で次に目を移されたい。戦後、当用漢字や「平易な」言葉遣いが学術領域にも次第に普及するにつれて、浅薄にも私は、若き日折角詰め込んだ豊富な語彙や表現を頭の中に封じ込める愚考に努めたために、貴重な知識は薄れ行く結果と成った。しかし、自由奔放に自国語の語彙を操って表現を工夫する外国人学者の諸著を繙くうちに、私は、返上しつつある日本の古典知識の不足を皮肉にも今度は喞《かこ》ち始めると共に、右の普及は、少なくも学術次元では、固有文化の破壊に繋るものであることを痛感し始めた。私の反省と知識の回収作業とは、右訳書の翻訳の上での必要性と絡み合いながら進行したのである。

私は、現時点で文語と区別されている口語には、少なくも三種が有ると思う。一は、日常会話で使われるもので、これは成文たりえない。二は、学会報告等に用いられるもので、これもそのままでの成文化には不適当である。三は、文語へ既に傾斜し始めている口語で、これは、朗読にこそ不向きであり、また、少し黴《かび》臭いとはいえ、簡潔であり、そして、時の試煉を経た安定感を備えている。私は、論文と同じく翻訳にも、この第三を最良と見る。例えば、右の一や二で良く用いられる、「極めて」、「非常に」、「大変」、「すぐれて」等の白髪三千丈的表現の副詞は、「甚だ」、「頗る」、「著しく」等の表現の方が落着きがあるのであって、真に最上級「的」な副詞には、「至極」という便利な国語が別に有る、というが如くである。また、例えば、「より美しい」という形容詞比較級も、まともな国語としては、「一段と」、「もっと」、「一層」、「更に」美しい等の方を可とし、「できる」も、聊《いささ》か文語めくが、「うる」、「可能である」の方が締りがよろしい、というが如くである。しかし、私は、「あったとさ」、「あったげな」式段階の口語に与する程に老齢ではない。

稍々《やや》古臭いのは覚悟の上、と一旦開き直れば、心は当用漢字や新送り仮名や仮名書きから来る圧迫感から全く解放されて、訳語訳文として至当な表現を求め歩き手折りうる百花撩乱の花園は、喜ばしくも、戦前同様広大無辺と成る。漢字の微妙な意味やその美しい組合せが、訳文の味わいを深めてくれる。たとえ文字の賊たるの譏《そし》りを受けようとも、外国語原著の豊かな表現を国語に移し換えるためには、これに支障を来す制約に構ってはいられないのである。このことでも、右訳書に際し創文社が示して下さった御理解は私にとり感謝に堪えない。文化体系が異る地に育った外国語の邦訳には、その用語に関して造語の必要が屢々生じる。この造語には漢字が至極便利であること云うを俟たない。漢学の素養に富んでいた明治の先達の造語力の大きさを羨みつつ、この便利さを私は可能な限り利用した。翻訳であるからには、かなりの無理をしても総てを国語に置き換えることを理想とするからである。しかし、定訳もない複雑な概念を四字程度以内の漢字に収め切ることは、現実には極度の困難を伴う。この種の場合、私は一つにはルビを振るという「卑怯な」方便を採って、ともかくも訳語をつけた。この訳語がそのまま定着すれば、それはそれで宜しいし、また、それが不適当であれば、やがて淘汰されて良いものがそれに代るであろう。原語を安易に片仮名書きにして用いることは感心しない。ましてや、原語を横文字のまま安直に用いることは、論文の場合でも言語道断である。

次に、文語のことにも触れておきたい。前近代の欧語欧文は口語訳では実感が出ない。言語は違っても、古語には古語が合う。私が使いうる文語は昭和初期のものであるにせよ、である。このため、右の場合には、私は常に文語を用いている。私は、文語の簡潔性と律動感にえもいわれぬ愛着を感じる。一二世紀早々の「ロランの歌」に出る「la douce France」は、私の創作訳ではないが、「美《うま》し国フランス」として初めて何とかその味が出るのである。諸種の考慮から、間々、文語を口語に敢て混入させるのも、邪道と見るよりは寧ろ一技法と見て欲しい。例えば、「久遠に女性的なるもの」の如し。そして、私は、文語をもっての訳もまた「邦訳」であると考えている。因みに、右訳書には出ないが、古い書簡文については、これを候文で訳さないと私は気が済まない。候文をも教えた「ハナ、ハト」に始まる小学国語読本の影響力は、遙かここにまで及んでいるのである。右のように述べて来ると、読者諸氏は、何たる頑迷、と呆れ給うであろう。激動のこの六〇年間一枚の木の葉のように弄ばれて来た、そして、天に跼《せぐくま》り地に抜き足して来た大正製の私にも、魂は有るのである。しかし、私は、「蝶蝶」に「てふてふ」の仮名を振る程に一徹ではなく、また、「仙臺」を「仙台」と、「云ふ」を「云う」と記す程に妥協心をも持ち合せていることは、右訳書が証してくれるであろう。

関係代名詞を欠く国語は、本来長文には適しない。長文を幾つかの短文に分けて訳することは理想であるが、分け過ぎると、その長文と次の長文との、原典では明らかである関連がぼやける危険が生じかねない。それならば、総てを一度短文に分解して改めて国語風に組み直したら、ということにも成るが、これでは、詩の訳の場合と同じく、翻訳の域を出でて創作の性格が滲み出て来る。もし即《つ》かず離れずの訳を理想とするならば、残念ながら国語を多少犠牲にして、長文国語を作るしかない。しかし、文意の明確性や論理性は毫も損われてはならない。これは、難所であると同時に創意工夫の仕所でもある。ここで重大な役割の一つを演じてくれるものが、読点という貴重品である。しかし、読点を濫用したり打ち損ったりすると、文意の通達は支離滅裂と成り、読者を煩わす因に成る。それでも、真に已むをえない場合の他は、原典にないダッシュやパーレンを濫用してはならない。読者も、長文国語の前では、願わくば、正眼に構えて戴きたい。しかも、いかんせん、長文国語は右訳書の到る所に出現するのである。

関係代名詞の欠如と並んで訳者を困らせるものに、国語における句読点の種類の少なさがある。この場合は、接続詞をもって工夫せざるをえない。実は、接続詞なるものは、翻訳に際しても扱い難いものの一つである。欧文でも、文章間の接続詞は頻繁に省かれているので、当該欧文の文意の流れに馴染んでいない読者のために、これを訳文では復活する要が有る場合が甚だ多い。例えば、「そして」、「次に」、「しかし」、「しかも」、「即ち」、「例えば」、「他方」、「その上」、等々である。これにより、文意の流れは読者にとり際立って理解し易くなる。その効果は頗《すこぶ》る顕著ではあるが、また、訳者にとっては、責任は重く、危険は大である。

紙面が尽き始めた。他はさて置き、一つには、複数形のことに触れておきたい。複数の意を表示することは、諸種の考慮からして必要である場合が案外多い。国語は、複数形には比較的無頓着ではあるが、一般に、接頭辞または接尾辞で複数を処理する。物の場合は、「諸」の字で略々片がつく。人の場合は厄介である。「等」は「その他」の意を含むことも有って常には適当でなく、「達」、「共」は、必ず夫々貴、賤と関係するので一般向きではない。試行錯誤の末私は「衆」なる字に辿り着いて、これを右訳書で多く用いたが、読者諸氏にはこれの履き心地はいかがであろうか。二つには、外国語の固有名詞の片仮名表記には、殊に、長音の位置確認には、異常な程の苦労が有りうることを、一言附するにここでは留める。「的」の字の濫用にも触れたいが、最早その暇はない。文学と歴史学とは離れた。法律学とはもっと離れた。悲しいことである。

私の経験からして、訳文を熟読してしかも意味が通じない箇所は、その殆どが誤訳箇所である。しかし、翻訳者なるものは、読書百遍し尚かつ文意が通達しない部分が僅かとはいえ残る危険を負担する宿命に在る。この部分をいかに処理すべきか。所詮、それは訳者の肚芸《はらげい》である。即ち、率直に「訳出不能」と明記しうる程に色即是空の境地にない訳者衆は、私をも含めて、前後の文脈を勘案しつつ、当該部分の意に大きく反しない程度に、然るべく糊塗するしかない。読者に見破られなければ、成功であろう。この場こそ、読者と訳者との勝負所なのである。

訳者には、読者に対し、完璧な訳文を提供する義務が有るだけであり、権利など微塵もない。されば、只管《ひたすら》乞う、読者諸氏よ、訳文には、これと一歩の距離を常に保ちつつ寛容の心をもって接し給わむことを。

（創文第二六五号、一九八六年）

Ⅱ 追想

同学の友から

塙さんの学と人

大竹秀男

私が神戸大学法学部に赴任したのが昭和二六年（一九五一）で、塙さんが神戸大学に来られたのはその二年後の二八年秋である。法史講座が一講座しかなく、私が日本法史を担当したが、私はさらに西洋法史担当教官が必要だと学部に訴えてその採用について学部の了承を得た。ところが、若手の西洋法史研究者が少なかったこともあって、候補者がなかなか見付からなかった。当時の我が国の西洋法史研究は独・仏の研究動向を踏まえた掘米庸三・世良晃志郎先生の西欧中世国家構造の解明に向けての封建制研究に注目が集まっていたが、関西の若い研究者にはその関心が薄く、私はそれを飽き足らなく思っていた。そんなとき、塙さんの論文「フランスに於ける封建裁判に就いて」（法制史研究四）と「フランク時代における封建裁判の形成に就いて」（法と政治四―三）が発表された。明確な問題意識を持って精緻な考証と分析によってフランス封建法の本質に迫った論文であり、私はこれを西洋法史学の正統派を受け継ぐ労作としてその質の高さを評価した。そこで、私は塙さんに面会して、法史講座が一講座しかないので将来の教授への昇進を約束できないが神戸大学に来てくれないかと失礼なお願いをしたところ、塙さんの快諾を得ることができた。

塙さんは来任された翌年に東北大学に内地留学して世良先生の指導を受けられている。仙台での塙さんの下宿は私が学生時代から世話になった富田のオバチャンの家だった。富田のオバチャンは東北大学の独身の先生や単身赴任の先生を世話して先生方も一目置いた名物婆さんであり、私が所用の序でに仙台に寄って塙さんを訪ねたら、オバチャンが「塙さんは毎晩のように世良さんと飲んだくれているよ」と笑っていた。塙さんも世良さんもご存知のような酒仙であり、飲めば談論風発、塙さんは世良さんと酒を肴にして学問を論じあい、師弟というよりも同学の友として親交を深められ、世良さんとの出会いが塙さんの研究に大きく影響したことは間違いない。

塙さんが昭和三二年に発表された「西洋法史学の課題」(季刊法律学二四)には、世良論文「封建制をめぐる諸問題」の問題提起を受けとめて、西洋法史学の今後の課題とすべきは、ゲルマン古代から近代までの発展過程を視野に入れた時代別研究、国別・地方別の比較研究、私法史の再検討、教会法の研究及び法典など史料の翻訳だと述べられている。塙さんの内地留学後、フランス留学までの約一〇年間における実績を一覧すると、フランス封建裁判研究からドイツとフランスの封建法の統一的把握の手掛りとしてフランドル伯領城主支配圏（シャテルニー）の研究に進み、私法史の基本問題たるゲヴェーレ研究に着手し、ロタリ王法典とランゴバルド部族法典附加勅令を翻訳するなど、塙さんが自ら提起した課題に計画的に取組まれていたことが分かる。ところが、フランス留学後の塙さんは、論文を書くことよりも、西欧中世法を中心として、根本史料と主要な文献の邦訳に集中された。塙さんの仕事がこのような方向に転じることは予想できなくもなかった。塙さんと法史の方法論について度々議論する機会があったが、塙さんは根本史料の邦訳の必要性を早くから言われていたし、我が国の西洋法史研究が西欧諸国の法史家の諸説を継ぎ接ぎして纏めるといった体にとどまっていて独創性を欠き、西欧諸国の法史家の研究成果を歪める結果になってていはしないか反省すべきであり、それならば寧ろ原典を完訳して紹介するほうが我が国の西洋法史研究に有益であり意義があるのではないかと言われていたからである。私は翻訳中心のゆき方に必ずしも賛成しない。しかし、塙さんの訳業には圧倒される。翻訳の対象とされた法令・法律書及び西洋法史家の著作は西欧中世を主として公法・私法の諸領域にわたる。厳密な考証に基づく的確な訳注を付されていて、論文を書く以上の苦労を重ねられたことが窺われる。その訳業は質から云っても量から云っても常人の為しうる限界を超えており、我が国の西洋法史研究に資するところ極めて大である。

塙さんは痩躯で弱々しく見えるが、なかなかどうして大変精力的な人だった。昭和三一年の夏に私が藩法研究会の仕事で藩法史料探訪の旅をしたとき、塙さんが助手を務めて下さった。じっとしていても汗が止まらない酷暑の最中の四国一周の旅であった。最初の宇和島では、旧藩侯邸の天赦苑ホテルの大広間で朝から日の暮れるまで汗水たらして史料の接写を続けた。塙さんは頭に鉢巻、上半身裸の勇ましい格好で、私がこの辺で今日の作業を止めようと言ってもまだまだと受け付けず、一日約七十本のフィルムを撮ったが、徳島までの約十日間、こういう調子で塙さんに尻を叩かれて接写作業をこなしたことを思い出す。塙さんの壮大な訳業はそのときと変らぬ塙さんの精力的な営為の所産である。

学者には往々にして専門の学問以外のことには無関心・無頓着で役に立たぬ人が多いが、これは塙さんには当らない。昭和六一年に私が摂南大学に頼まれて同大学法学部新設の準備一切を引き受けることになった。それで、真っ先に丁度神戸大学を定年になる塙さんを口説いて設置要員の教員に招き、設立準備を手伝ってもらったが、講座編成・教員銓衡・授業計画立案・学部規則作成などの作業を私よりも塙さんが中心になって進められた。事務員を指揮して手際よく処理される塙さんを見て、その事務能力に感心した。開設後の学部の運営を塙さんが管理職としての手腕を振るって主導されたと聞くが、頷けることである。塙さんはどの大学にどういう研究者がいて、どんな人柄かということまで調べあげて、教員人事に適切な助言をされ、その情報網の広さに一驚した。

塙さんの人間観と言うと大袈裟だが、品性を重んじ、節度を知らぬ自分勝手を嫌い、その人物評価は厳しかった。「大竹は人を見る目が甘い」と塙さんからお叱りを受けたこともある。塙さんの学問に対する態度は空理・空論や奇を衒《てら》う言説を排して極めて厳しく、人物評価の厳しさもこの学問に対する厳しさと通じるところがある。

私は塙さんを碩学と呼ぶことに躊躇しない。塙さんの研究業績は訳業を主としたが、その訳業は我が国の西洋法史学の貴重な財産である。しかし、望むべくは塙さんに史料・文献の邦訳にとどまらずそれを資料として少なくとも西欧中世法史の研究を進めて西欧の法史家と渡り合える成果を出して欲しかった。ラテン語ができなければ塙ゼミに入れてもらえないという専らの噂で学生が塙ゼミを敬遠したらしく、それもあってか塙さんが弟子を育てられなかったことは惜しまれるが、直弟子はいなくても塙さんの学恩に浴して育った後進が少なくない筈である。

私は塙さんのことをこれ以上深くは知らない。労働法の久保さんと早くに亡くなった法哲学の松尾さんとが塙さんと飲仲間で最も親しくされていたから、塙さんの真骨頂は久保さんに語っていただけるだろう。会者定離とは云うものの、老耄《ろうもう》・病膏盲《やまいこうもう》の私より若い塙さんが先に逝かれたことは残酷過ぎる。天の無情を恨まざるをえない。今も、私の目には瓢々乎とした塙さんの姿が焼き付いており、私の耳には「大竹さん、もうあきませんわ」と電話で聞いた塙さんの声が残っている。

（神戸大学名誉教授）

翻訳による世界法史

上山安敏

塙さんを牧英正さんと一緒に京都の桂病院に御見舞に行ったとき、こちらからどう話しかけてよいかわからない雰囲気があった。我々はもう塙さんは長くはないのでないかという話をうかがっていたからである。そのようなときに気持にもっている吐き出したい慰めの言葉と世間の極り文句の御見舞の言葉との選択に迷いながら躊躇していた。するとベッﾄに横たわっていた塙さんが「上山君はシベリヤで長かったなぁ」と話しかけてきた。それは突然五十年前の初対面のイメージが再現したようだった。私にとって意外な言葉であった。ほんとであれば身近に共有し合った語らいの記憶が出されるものなのに。だがこの話題がこれ以上進まないように適当な言葉でとりつくろった。

考えて見ると、塙さんは病床の中で歩んで来た人生の過去を反芻していたのではないかと思える。最後に聞いた言葉が私のシベリヤ体験であったことは、塙さんとは学者の世界に入った昭和三十年頃からの識り合いになるが、日本人的な極くあっさりした付き合いであって、実際互いの無沙汰であったことを証明しているようであった。

塙さんとしては折角来て呉れた人に対する愛想としてそういう言葉を発したのか、それともあんたはシベリヤ体験をしているから、けったいな学問的方法に流されているのだという軽蔑とやっかみの心理から発したのか、それは分からない。しかしそういうこちらが思うほど二人の学問の世界は対象的には離れていた。

塙さんは他人が何をしているかということは気にしない性格のようであった。といっても真実のところは分らない。自分の世界をつくり上げ、こつこつと無心に自分の作品の彫像に向かう時間を無上の楽しみにしていたからそれ以外のことに余裕のない人だった。学者の中には自分は職人のようだという言葉はよく聞くが、私は本当の意味で職人の気構えを持った人だったと思う。

だから学問的な方向では逆に向かっているだけ、話し合うことはなかった。ときおり、数冊の大部の翻訳資料をどさりと送ってきて大体の研究方向を知らせて呉れただけだった。それでいて互いに信頼し合っている安心感がある仲だった。

その塙さんが晩年になってたまに合うとき、最近世界法史の叙述に近づいているような気がするという言葉を耳にするようになった。それは学問的に紆余曲折を経ながら、最後の道標を見出した言葉であった。

私は塙さんとは一歳しか違わないのだが、塙さんのいう「シベリヤ帰り」で学界へ入ったのは五年間程ずれていた。だから同年輩の人たちとは学界キャリアでずっと遅れていた。だから田中周友の門下で唯一の兄弟子になるわけだが、比較的疎遠であった。塙さんは大学を卒業されて高等学校の先生をされていて、篤学の士であった。私の方は特研生から助手になっていたからローマ法・西洋法制史の講座の中で自由な研究テーマを選んでいた。田中先生がディゲスタの翻訳の会を開かれていたとき、私も古典の翻訳に参加せざるを得なくなった。といってもこの世界ほど私に至福の時間を与えてくれたことはなかったのだが。

そのとき塙さんは参加されておられなかった。塙さんとしては当時法制史学者と歴史学者を魅了したドイツ法制史の封建制の問題に取り組んでいた、東北大学の世良晃志郎さんの許で国王自由人学説の研究会に参加されていたので、世界の潮流とは離れ、京大の閉ざされた学会の若い学者の研究動向に不感症なあり方には気付かれたことであっただろう。ときおり、違った世界で体験する新しい情報を聞かされたことがある。

だが塙さんはドイツの国制史の学問的方法よりフランスの法史が気に入ったようで、一旦西洋法制史の主流から離れたのを機に、一切、群に入らず、自分の独自の世界をせっせと築き上げられたように思う。

私の方は外圧に精神強迫症のように対応してきて、翻訳の世界とはすっかり縁遠いものとなっていった。塙さんの方は世界の学界潮流に関心を持たれておられたが、もっぱらヨーロッパの法史の翻訳に沈潜されていった。双方が逆行する中で、最近世界法史の構築に関心があるという話を聞いたのである。しかも翻訳という技術でもって世界法史をつくりあげるという独特な発想は、夢想のことでなく、現実感を持つものであった。

亡くなられてからの御自宅をうかがって、塙 浩著作集十九巻と創文社の翻訳書を前にして、圧倒される気分の中で、翻訳による世界法史の構築の確かさを実感した。未定の大作だけに惜しまれる死であった。

（京都大学名誉教授）

近畿部会そしてパリ

井ヶ田良治

堀川通りから上鳥田町の角を曲がろうとしたら、下手から奥様とつれだった散歩がえりの塙さんが、うれしそうに目尻を下げて笑って、「あぁーっ、いげたくん」と手を挙げた。あれは亡くなる何年程前だったろうか。人のよさそうなあの笑顔が今も目の前にある。塙さんとはほぼ同年配だったこともあり、法制史学会の初期の頃からの思い出がつきることがない。

法制史学会の近畿部会は、はじめの頃は内田智雄先生や重沢俊郎・森鹿三先生など、年配の先生方や前田正治先生などの大先輩が常連だった。そこへ東北から大竹秀男さんがこられたが、石尾芳久さんが年齢が近いぐらいで、西洋法史の塙さんとローマ法の赤井節さんと日本法制史へ紛れこんだ私の三人が最若年という構成だった。寺町今出川の和菓子屋「月餅」の屋根裏の小部屋が会場だった。そんな月例会でお会いしてから三人が次第に親しくなった。あのころは赤井さんは大阪市大。塙さんはまだ神戸大へ行かれる前で、堀川高校からの帰りに時々同志社の研究室にやってこられた。赤井さんもなにかというと同志社へあらわれた。クセジュ文庫の『ローマ法』を訳されたその赤井さんは若くして他界。喜寿をこえて亡くなった塙さんは、今頃はきっと赤井さんと昔噺などしていることだろう。私だけがぽつんと取り残された気がする。

塙さんは本当に勉強好き語学好きで、英独仏からはじまって、ヨーロッパはもちろん、古今東西世界各国の法制史を読みあさっていた。不勉強な私などは、来られる度に持参される、分厚い、たくさんの翻訳や紹介、論文に目を通すのが容易でなかった。その成果が膨大な『塙　浩著作集』に結実したわけだが、そのなかで、R・ドゥ・ローフェルの紹介をした「為替手形史に関する一所説」には、大いに啓発されたのが忘れられない。たしか、フランス法の野田良之さんの記念論文集に掲載されたものだったが、その抜刷を読んで、為替手形の起源についてのヨーロッパのそれまでの商法史の通説が、古文書を丹念に蒐集して分析したローフェルの論文で、見事にくつがえされ、それまで独自だとされていた日本の為替の起源と同じく、ヨーロッパでも荘園年貢などの都市間の物資輸送の手形からはじまることを知ることができた。それに触発されたこともあって、英国のタイトル・ディードなどを読み日本と比較して、いわば法考古学とでもいえる、物的資料による法比較史の夢を話したら、塙さんがとても興味をもってくれたことがあった。私の英国法史料読みはその後ちっとも進まないが、史料の解読をお見せするにも、塙さんはもういなくなってしまった。残念でならない。

塙さんにとりわけお世話になったのは、パリであった。一九七八年のパリ祭の時にロンドンからドゴール空港に家族連れで着いた私たちを出迎えてくれたのが、当時パリ留学中の塙さんご夫妻と藤原明久さんたちだった。ほぼ一週間のパリ滞在中はすっかりお世話になってしまった。ある日これまたパリ留学中の中村義孝さんもまじえ、みんなでシャルトルに詣でた。七月のこととて暑い日だった。シャルトルの大聖堂に感激したあと、芝生の上で車座になって昼食、一斉に取り出したのが、ワイン。みな一本ずつ持参していたのである。お握りやらサンドイッチやらで、乾杯、痛飲、というわけで、みなすっかり良い機嫌になってご帰館となった。その夜、大学生だった上の娘がお腹が痛いといいだした。きいてみると、暑いかんかん照りのなかの昼食だったので喉が渇き、夕食の時につい飲んだ水にあたったらしい。フランス語でお医者に説明できるか、チクチク痛いというのはフランス語で何というのかなど、大騒ぎになった。結局、塙さんご夫妻が、京大に留学し日本婦人と結婚しているフランス人のお医者さんをさがしてくれた。お腹に手をあてて、「イタイデスカ」などと、上手な日本語で診察してくれて、大助かりだった。ところがフランスは医薬分業、お医者さんは処方箋だけ書いて、薬屋にもっていって薬を買って飲ませなさいと帰ってしまった。頼みの綱の塙さんご夫妻は安心して帰られたあと。ついに勇気をふるった私が薬屋にいって、たどたどしいフランス語で説明に悪戦苦闘、やっと薬を手にいれてきた。おかげで、「お父さんのフランス語でも通じるのね」と信用がついた。日本に帰った後、塙さんたちに逢うたびに、「シャルトル」といっただけで、みな思い出して大笑いとなるのが常だった。塙さんは私だけでなく、家族の健康の恩人なのである。あれはもう二十五年も前のことになる。その後も塙さんに教えてもらったハウスワイン、白ならミュスカデ、赤ならコード・ド・ローヌ、ロゼならロゼ・ダンジューが、私の家族のお祝いごとの定番となっている。日本酒を好きだった塙さんともう一度盃を汲みかわしたいとつくづく思う。仏壇に陽子さんがしっかりとお酒をお供えしているから、塙さんは不自由なしに、いまもお酒を楽しんでいることだろう。

（同志社大学名誉教授）

先輩としての塙さん

石部雅亮

近ごろ先輩・友人・同僚の訃音に接することが多い。私どもの年齢になると、死は行住《ぎょうじゅう》座臥《ざが》のうちにあって、いつもその覚悟を求められているのだが、長い交際のあった人々との別れは、自分自身にもある種の崩壊感をもたらし、それがこころの空白となって残る。

塙さんは、私が大学院に入ったときには、もう神戸大学の助教授になっておられたから、先生というべきであったかもしれないが、最初からさん付けで呼びかけていた。先輩とか年長の仲間といった感じで接してきたし、また受け容れてもらっていた。以来ほとんど半世紀に近い。

五〇年代、京大には西洋法制史研究会というものがあって、私は、民事法専攻ながら、その研究会にも入れてもらっていた。この研究会で、最初のころは「シュヴァーベンシュピーゲル」や「封建法書」(Libri Feudorum)の、後には「ディゲスタ 学説彙纂」の邦訳をした。塙さんは、上山さん、岩田さん(故人)などとともに指導者格で、私はこれらの兄弟子たちの胸をかりて稽古をさせてもらっているようなものであった。結婚したときも、寿司屋の二階でみんなにお祝いをしてもらった。

その後、私は香川大学経済学部に民法担当として赴任したが、研究面では、先輩たちから引き続き恩恵を蒙った。このことを、後に拙著『啓蒙的絶対主義の法構造』(有斐閣、一九六九年、大阪市立大学法学叢書)の「まえがき」で、つぎのように記している。

「本来ならばこの種の法史的研究は不可能なところであったが、同学部の諸先生の寛大さと経済学部としては希有の法律関係の蔵書のお蔭で、また上山安敏、塙 浩、牧 英正の京阪神在住の諸先輩の御好意で、文献を借用でき、従来の道を進むことができた。これらの方々の御同情がなければ、研究を断念せねばならなかったろうと思うと感無量のものがある」。

文献複写用のコピー機もなかった時代のことで、これは決して大袈裟な表現ではない。また、大阪市大に転ずるにあたっても、これらの先輩の推挽《すいばん》があったのではないかと思っている。

それ以外に、塙さんとの交際は、法制史学会やその近畿部会でお会いすることがある程度の、じつに淡々たるもので、エピソードのようなものをとくに挙げることはできない。会話も学問的なことに限られ、私事にわたることはなかった。そういえば、また大学院時代にもどるが、私がはじめて部会報告をしたときのこと、帰途歩きながら、塙さんが「絶対主義、あれは矛盾の体系だから」と、ぽつりと一言いわれた。この言葉が妙に耳の底に残っていて、それから絶対主義法の問題を考えようとするときには、いつも呪文のようにこの言葉が蘇ってくるのである。

塙さんは、早くからフランス法史、さらに広く西洋法制史の古典的研究の翻訳を始められた。日本人が西洋の学者の書いたものを種本にして、西洋法制史の研究と称するものを著すよりも、原著を翻訳する方がましだとする考えは、たしかに一つの見識である。塙さんは倦まずたゆまず翻訳を続けられた。まさに我が道をゆくである。私のところにも、翻訳の抜刷が時折小包になって届けられた。それが山のようになって二〇巻に及ぶ『塙浩著作集』(信山社)となったのである。翻訳を試みたことがある者にはすぐ分かることだが、この膨大な量の訳業を達成するのにどれだけの労苦が秘められていることか。感嘆するほかない。それでも塙さんからは、それを成し遂げた自慢話も苦労話も聞いたことはない。私のかつての同僚、岩崎稜(故人)は、日本で僅かしかいない、西洋商法史を書く力量をもった商法学者のひとりであったが、かれがあるとき、「塙さんの商法史が出版されたために、商法学者は商法史を書けなくなってしまった」と述懐したのを、いまでも思い出す。塙さんの意図は、地面を水が潤すように、着実に浸透しているのである。

塙さんの不例を伝え聞いてから、いつもそのことは気がかりであったが、お見舞いに行くこともなかった。牧さんや三成（美保）さんを通じて間接的に、時折近況をうかがうのみであった。平成一一年、法制史学会近畿部会の新年会が京都で開かれ、その席で久々に塙さんにお目にかかることができた。傍目にはお元気そうで、お酒も飲んで歓談され、四條通りの喫茶店で二次会にも付き合われた。名残惜しく別れたが、そのときわれわれは塙さんの復帰を喜ぶとともに、ふとこれが最後になるのではないか、という気がしないではなかった。実際それから部会に出席されることはなかったと思うし、私にとってはそれが最後の一会《いちえ》であった。

その後、塙さんに、私の編訳書『トーピク・類推・衡平』（信山社）を献呈したところ、しばらくして電話があり、献本の礼を述べられながら、「このごろは難しい本は読めなくなってね」といわれ、塙さんに珍しい弱気を感じたので、医学の領域は日進月歩で、ガンにもいまにいい薬もできるから、きっと治りますよと、（先ごろ話題になった分子標的薬など）生半可な医学知識を告げたことがある。しかし、電話はこれが最後であった。

塙さんが薬石効なく亡くなられて、もう一年がすぎた。思えば、研究の道程で身をもって規矩準縄《きくじゅんじょう》を示された先輩のひとりを喪ったことになる。しかし、私には、塙さんが遠く幽界にあっていまなお翻訳を続けられ、いつかまたどっさりと抜刷の束を送ってこられるのではないか、という気がしてならないのである。こころからご冥福を祈りたい。

（大阪市立大学名誉教授）

威張らず、気取らず

中村義孝

最初に塙先生の研究報告を拝聴したのはもう四〇年近く前のことである。会場は、京都の日独会館だったと記憶している。裁判制度を中心としたフランス法史について、沢山のスライドをお使いになって、非常にわかりやすくしかも聴く者の興味をそそるようにお話をなさった。多くの先生方が、それぞれの問題関心から質問され、塙先生がそれに丁寧に回答されて、内容の濃い研究会であった。

先生のご報告を聴く機会には何度も恵まれたが、ある研究会で、ご報告内容の中心課題ではなかったが関連する事項について質問をしたことがある。すると先生は、みんなの前で、平然として「僕は、それは知らんのや」と笑いながらおっしゃった。偉い先生だな、と大いに感心したものである。

それと比べて、関東から大家と言われている人をお呼びして研究会が行われたことがある。報告の後で、比較的若い仲間が質問をしたら、その人は「その問題は、今日の報告テーマから外れるのでお答えしません」、とこれまた平然と言ってのけたのである。唖然とせざるを得なかった。

同じ平然でも、その方向においてもまた質においてもまったく異なるし、その結果生じる、「平然と言ってのけた人」に対する人格的な評価についての差異は計り知れないものがあろう。

一九七八年の春から秋にかけて、先生は奥様とご一緒にパリに滞在して、研究を進めておられた。同じ時にパリにいたので、国立古文書館では、しばしばお会いすることがあった。その都度、初めてフランス留学をした者にとって必要な情報をお教え頂いたことは、今でも大いに感謝している。古文書館を利用するのは殆どが専門の研究者であって、どんな史料が何処にあり、どうして利用するのがは当然知っている筈であるという前提で、館員の応対は極めて横柄であった。先生が、まるで館長さんのように、いろんなことを教えて下さった。

先生は結構「ジャマクサがり屋」であったと理解（誤解？）しているが、ご自分で言われる程ではなかっただろう。歴史的に価値のあるパリの古い街並みやカフェ、レストランなどについても、きちんとした情報をお持ちになっていて、よく連れて行ってもらった。学問的なことでも、また日常のことでも、ご自分がご存じの情報や知識を、決して独り占めにすることなく、みんなに知らせることを大切にしておられたことは、我々も見習うべきだと考えている。

塙　浩著作集〔西洋法史研究〕全二〇巻は、先生の学問的良心と生き様の集大成として、永く評価される事業だと信じている。先生の御霊の安らかなることを祈念します。

（立命館大学名誉教授）

塙 先生の「名言」

西村重雄

塙 浩先生は、私にとってはまさに「有難き」先学であった。

おそらくは、小生が田中周友先生の孫弟子に当るということと、塙先生の御自宅から更に二キロばかり北に小生実家があるということから、色々お話しを伺う機会を賜った。

小生が、大学院を出て東北大学教養部に奉職して間もなく、ある大学のローマ法の集中講義を引受ける羽目となった時に、いわゆる「ゼロ敗」の話をお話し頂いたことがある。受講者が回を追う毎に減り、学生が一人もいなくなって講義中止に追い込まれるというケースを指すのであるが、先生から「よくしたもので、われわれの分野では最後の一人又は二人は必ずつき合ってくれるものやな。これが有難いのかむづかしいところやけど。」とお伺いした。その時以来今日に至るまで、何度かこの話の「真理」を確認してきたところである。

塙先生は、東北大学の世良晃志郎先生のもとで内地留学をされた経験もおありであった。

私がその頃は、未だローマ法「学説彙纂」が読めるというところまでゆかず、世良先生の「法史学は歴史学の一部」という話を理論の上では確かに承諾せざるをえないものと思われる中、たたみかけて「原田慶吉先生は、自分の今までやってきたことは全く無駄だった、と私に話されたよ」などという強烈な励ましの言葉を聞く中で、正直のところ、どう歩むべきものかまことに心細いところであった。それを察してか、「西村君、ハヤリに乗り人のマネなんかせんでいいよ。ハヤリもそのうちにスタレるから。」というお言葉を頂いて、随分とほっとした気持になったことを今でも鮮明に思い出す。

塙先生は、恩師田中周友先生の学風を受け継がれ、深められたように思われる。法律学を修得され興味を持たれたが、それを実務の修羅場で使うことより、歴史の中の法律を尋ね究めようという風雅の道を好まれた。世俗の事にあまり御関心も興味もなく、また孤高な立場を堅持し、西洋法制史に集中された。活字になるたびに、抜刷をお送り頂いていた者のひとりであるが、こんな幅の広さとそれぞれについて行届いた訳文がどうして出来るのか、不思議であった。幅の広さは、年代、地域、分野すべてに及ぶ。たとえば、東欧の法史まで手を伸ばされている。なぜこんなことにと思わないでもなかった。しかし、このごろになって、漸くその意味が分るような気持になりつつある。

法律学は各分野・各国・各時代に孤立したものでなく、それぞれに連関し合って展開しているのが実際の姿であるらしい。その姿を丹念に追ってゆくとなればこの広がりは当然のことといえよう。この広がりの連関を解明しようとすれば、一つ一つの規定の意味を丹念に追わなければならず、法律に特段の愛着がなければ、そもそも成立たない。そしてこのような連関の中で、西洋の法律制度の展開の全体像がはじめて見えて来るのであろう。

おそらく、塙先生御自身も、ヨーロッパ法史全体についても見通しを示す日を期しておられたものと思われる。御尊父も恩師田中周友先生もそれぞれ大変長寿であったから、決して夢ではなかった筈であり、私共も期待していたのであるが、叶わずまことに残念である。それは同時に、塙先生のような研究者がたっぷりとした研究時間をもちうることが現在の状況から推せば殆んど絶望的であるとすれば、最後のチャンスが失われたに等しいようにも思われ、それだけに一層惜しまれる。

九州大学の大学院での講義をお引受け頂いたこともあり、先生の学識の一端に触れることで、若い方の感激は一通りでなかった。また、信山社の御尽力で集成された全二十巻(来年刊行予定の第二十巻を含め)の著作集は、若い世代に大きな励ましとなるであろう。その世代が、先生のお仕事を受け継ぎ、発展させるものと念願して、拙い追悼のことばに代えたい。

(九州大学法学部教授)

ぬくもり

岩野英夫

一九七〇年、月日は忘れてしまったが、午後に、林　毅先生（現在は大阪大学名誉教授）に連れられ神戸大学の研究室に先生をお訪ねしたのが、先生に直接お会いした最初ではないかと思う。博士課程一回生の時のことである。修士課程を東京で過ごしていた私には関西は未知の世界であった。林先生はそんな私を先生に紹介して下さったのである。「本の中に研究室がある」、そんな風景が記憶の片隅に残っている。研究室に寝泊りされご勉強をされているということも伺ったような気がする。私のその当時の研究テーマのある論点について、「そりゃあ難しい問題やなあ」と呟かれたその一言の何とも言えない重量感も未だに忘れられない。三成賢次、美保夫妻と私は、桂にある病院に入院されている先生をお見舞いした。お亡くなりになる少し前のことである。先生は、林先生と私の訪問のことを思い出され、会話の中に織り込まれた。先生は覚えていて下さったのだ。心がキュンと痛んだ。

一九七〇年一一月一五日、先生は法制史学会近畿部会一二九回例会で「ドイツ刑事法史抄—中世から近代へ」というテーマでご報告をされている。場所は日独文化会館であったろうか。ご報告は、先生の飄々としたお姿そのまま、枯淡の趣を感じさせるものであった。しかしあふれ出る言葉にはリズムと力があった。お話はそのスケールからして限られた時間の枠内にとうてい納まるものではなかった。一通りお話されるだけでも、優に数時間は必要であったろう。研究者としての先生のすごさを実感した瞬間であった。「久しく学会で見かけないと思ったら、かくも研究に没頭されていたのか」という感想を傍におられた方がもらされたのを覚えている。私はそのときは知らなかったのだが、ご報告は、一九六六—六七年度科学研究費に基づく刑罰制度に関する総合研究の推進者のお一人として研究を積み重ねて来られたその成果の一端を披瀝されたものであった。私はこの時の手書きのレジュメを、先生から戴いた抜き刷り「カルル五世の刑事裁判令（カロリナ）」と一緒にファイルして今でも保存している。

一九七九年の五月だったか六月だったか、第三日曜日、近畿部会が終わってから、先生は部会に出席していた大学院生などと語らって突然私の家を訪ねて下さった。訪問者は十人を超えていたろうか。部会には私も出席していたので突然というのはおかしな話なのだが、妻には文字通り青天の霹靂であった。もてなす用意が何もなかったからなおさらのことである。旧制高校の生徒は皆いたずら好きだったそうである。先生は結婚したばかりの私たちをちょっとしたいたずらでお祝いして下さったのだと思う。今では私たち夫婦にとって大切な思い出になっている。

私が先生に冗談を言ったり冷やかしたりできるようになったのは、年齢が五〇歳を超えて相当に図々しくなってからのことである。先生のその頃の弱みは、タバコ、コーヒー、お酒であった。どうもそれらを控えるようにという、あるいは控えなければならないという「外圧」「内圧」があったようで、学問研究に対しては怖いほどに凛としてたじろぐことのない先生もこのことではどことなくそわそわされるので、私には格好の冷やかしの材料であった。同志社大学から大昔に借りてそのままになっていた雑誌が出てきたので返したいということであったか、それとももっと別のことであったか、大学に私を訪ねて下さった先生を近くの喫茶店にご案内したことがある。コーヒーを前に、子供がそのまま大人になったようなお顔で目を細めて嬉しそうにタバコをくゆらせていらした。

法制史学会の先輩研究者に対するインタビューを通して「わが国における法史学の歩み」を明らかにするという企画を思いついたとき、私が真っ先にご相談をしたのは先生であった。先生は聞き上手であり話し上手である。それに先生の話し方には人を引き付ける独特の抑揚がある。私はその抑揚にたまらない魅力を感じていた。先生は私を応援すると約束して下さった。しかしそのとき病魔は先生をすでに襲っていた。一九九九年九月七日消印の葉書が先生から届いた。「作業に、協力したいことは山々ですが、全く手も足も小生出ない状態で、あきらめていただく他、残念ながらありません」という一文がしたためられていた。その一文を挟む前後の文言を読むのは今でも辛い。井ヶ田良治先生や大竹秀男先生にインタビューをしている場に先生がおいでになったならば、どんなにお話が広がり弾んだことか。残念でならない。

一九九五年一〇月にもお葉書を戴いている。摂南大学をご退職されたこと、「債権法史をぼちぼちかじって」おられること、今までの未完の原稿を整理されていることが書かれている。そして、「先日、古寺巡礼で奈良へ行きましたが、いつ行っても奈良はよろしい。奈良女子大の本館を初めて見ました。少年刑務所が早く重文になるのを祈ります。九体寺、岩船寺にもよりました」、とある。「よろしい奈良に」に住んでいる私たちにお声をかけて下さればいいのにと、その時は思ったものである。古都の静かな一日を令夫人と楽しまれておられる先生のお姿が目に浮かんでくる。

三成夫妻と先生をお見舞いしたとき、先生の手を強く握りそしてお別れをした。優しいぬくもりがあった。

（同志社大学法学部教授）

塙浩先生と「フランス学」

藤原明久

私が塙先生の御指導を忝《かたじけ》なくしたのは、神戸大学法学部学生時の一九六七年以来、先生が逝去された昨二〇〇二年一月まで、三五年の長きに及ぶ。そのうち一七年間は、学生時代には夢想だにしなかったが、同僚として公私万般にわたって御世話になった。

私は、六甲台キャンパスの法学部専門課程に進み、大竹秀男先生の日本法史ゼミを選んだ。そのわけは、高校の時には歴史が好きで、文学部史学科を志望していたが、将来の就職に有利であると考えて法学部に入ったものの、やはり実定法の解釈には全く馴染めず歴史への関心を断ち切れなかったからである。大竹、塙両先生の研究室が隣同士であり、大竹ゼミが先輩と二人だけで週一回研究室で行われていたこともあって、塙先生にお目にかかる機会がしばしばあった。塙先生の御名前から推して、江戸時代後期に「群書類従」を編集した塙保己一が第一に頭に浮かび、法学部には素晴らしい学者がおられるとの印象を強く持った。塙先生の西洋法史ゼミでは、英・独・仏語、さらにはラテン語の学習が当然のごとく要求され厳しいことで定評があったためか、ゼミ生は当時いなかった。その分、私たちには目を掛けて下さったと思う。神戸高商、神戸商大の実学の伝統を受け継いで法学部では実定法ゼミに学生が集中する傾向があった。塙先生は、私が日本法史ゼミを選んだのは、異色であるとよくおっしゃったが、皮肉ではなく、褒め詞であったと密かに自負している。

私が塙先生の薫陶を受けたのは、御専門のフランス法史はもちろんのこと、いわば「フランス学」である。先生の教えの場は、正規の講義ではなく、もっぱら課外の酒席等であった。塙「フランス学」塾での師弟関係であったというのが適切であるかもしれない。

一九七七年八月から一年間の海外留学にさいして、大竹先生は留学先にフランスを言われた。大竹先生はドイツに留学され、ドイツ法史に精通されておられたから、留学先にドイツを勧められるものと、早くから心に決めていた。しかし、フランス留学を言われたのは、明治以降、我が国が継受した西欧法のなかでもフランス法の影響が際立っていたことによる。私は、教養部で第二外国語にドイツ語を履修したので、フランス語の知識が全然なく、フランス語に対して拒否感を抱いていた。一年間のフランス留学生活をどのように送ればよいのか、五里霧中で不安が募るばかりであった。そこでフランス留学生活を豊富に経験されていた塙先生に折に触れて御教示を戴くことにした。京都の御宅を訪れて、長時間、パリでの留学生活の御話を伺ったことがあった。先生も最初は相当の御苦労をされたようであるが、様々な研究、生活の作法を教えて下さった。安くて美味しいカルチェ・ラタンの中華料理店（先生は洋食を好まれなかった）、酒（先生は、こよなく酒を愛された。ブドウ酒がフランスの気候風土にぴったりであること。銘柄の品定め）、フランス国内旅行（ローマ時代遺跡探訪。たとえば、ロワール川支流域の町オタン）、パンテオン正面右手のパリ大学法学部（戦前日本より贈呈されたボワソナードの胸像がある）、同法学部図書館（一六世紀フランスの著名な法学者クジャスの名を冠し、クジャス図書館とも呼ばれている）、さらに暴力バーで危機一髪であったこと、などなど。また、パリ地下鉄を上がって方角を迷わないように磁石を持参するのが便利であると、なかなか周到な気配りを示された。

塙先生は、一九七八年四月、半年の在外研究でパリに来られた。ちょうど宿の込み合う復活祭の時節であり、私が単身長期滞在していたカルチエ・ラタン近くの安宿にあえて御案内し、到着後、数日宿泊された。先生にとって三度目のパリ滞在で、しかもフランス語達人の奥様が同伴されたことで、フランスでの研究生活を満喫されたことと思う。来仏翌日には早速パリ市内北東部の一九世紀初めの風情をとどめるサン・マルタン運河散策のお供をしたことを鮮明に記憶している。七月のパリ祭の頃には、塙先生御夫妻、ロンドンから来られた井ヶ田良治先生（同志社大学）と御家族、フランス留学中の中村義孝先生（立命館大学)、そのほか総勢一〇人あまりでパリ南西郊外のシャルトルに詣で、大聖堂前の芝生で弁当を広げ昼食をとったことも良き思い出である。幸いに、私が一年間の留学を恙無《つつがな》く終えて帰国しえたのは、ひとえに塙先生のお陰であると感謝している。

塙先生がヨーロッパの法史研究者と同じ土俵で太刀打ちするのは到底無理であると考えられ、西洋法史文献・史料の忠実・正確な紹介にこそ重要な意義があるとして、翻訳に全力を傾注されたのは一見識である。神戸法学雑誌には毎号のように翻訳を掲載された。これは、後進学徒にとって驚きであると同時に大きな励みであった。私は、幾度か校正の御手伝いをしたことがあるが、やや小さな文字で丹念に原稿用紙の枡目を埋められ、その判読に難渋したことはない。先生は、中世史料の翻訳には文語文が相応しいと、文体に工夫を凝らされていた。膨大な著作集があと一巻で二〇巻となるのを目前にして逝かれたのは惜しいかぎりであるが、残る一巻が近日中には出版の運びであるとお聞きし大変喜ばしい次第である。

今日、大学から真の学者が消えゆく歎ずべき趨勢にあるが、塙先生は典型的な学者であったと思う。ヨーロッパにとどまらず、ビザンツ、イスラム等の法史にまで研究対象を広げられ、法史学の発展に大きな足跡を残された。神戸大学法学部の西洋法史講義では、始める前に控室で今日は上手く講義できるであろうかと、よく言われていた。緊張感をもって真剣に講義に臨まれたからこそ、このような言葉を漏らされたとおもわれる。塙先生は、優れた研究成果に基づいて、講義をするのが学者の真骨頂であることを身をもって示されたのである。天国で孜々《しし》と翻訳を続けられているであろうことを念じつつ、先生の御冥福を切にお祈り申し上げる。

（神戸大学大学院法学研究科教授）

先生の厳しさと優しさ

瀧澤栄治

塙先生に初めてお会いしたのは私が大学院生だったときに、九州大学で非常勤として講義をされたときです。講義の内容は古代ローマから中世における民事訴訟の歴史であったと思いますが、その内容の壮大さに驚くとともに、先生ご自身は淡々とにこやかにお話をされていた記憶が残っています。二度目にお会いする機会を得たのは、昭和六一（一九八六）年一月七日の午後、京都駅の直ぐ近くにあるホテルでした。これは面接試験であり、面接する先生は、塙先生と藤原先生。この試験は私を神戸大学法学部の助教授として採用するにあたってのものでした。最初は当然のことながら緊張しておりましたが、塙先生が終始優しく、にこやかにしておられるので、自然と緊張がほぐれていったのを覚えています。そのせいもあってか、先生にすすめられるままお酒を頂き、ひたすら飲んだ記憶はありますが、何と受け答えをしたのかは良く覚えていません。何とか採用していただき、今日に至っていますが、先生の学者としての厳しさを次第に知るようになり、このときのことを思い出すと今でも冷や汗がでます。

先生は、私に対して、なるべく私が研究に没頭できるよう余計な時間を使わせないよう配慮されていたように思います。神戸大学法学部自体も、若手の助教授の負担をなるべく少なくするよう配慮していたこともありますが、それにしても、先生から何か仕事を頼まれたことはまったくありませんでした。先生ご自身の研究に対する厳しさが、他者に対してはこのような形での配慮として現れたものと思います。退官後に神戸大学を訪れた際にも、「もう瀧澤君、相手をしなくて良いから研究室に戻りなさい」というサインを私に送り、適当な頃合いに私が退出するのを助けてくださいました。

形の上では、私は先生の後継として着任したのですが、学問業績ではとうてい及びもつきません。目標にしたくもあまりに遠すぎるというのが、今の率直な心境です。『塙　浩著作集』が神戸大学法学研究科長室に全巻おかれています。月に一度ここで開かれる会議に出席していますが、そのたびに、先生の笑顔を思いだし、同時にその残された業績に圧倒されてしまいます。

先生とお会いした最後の思い出を書くことにします。亡くなられる一月ほど前に、藤原先生と病院にお見舞いにまいりました。お体は少しおやつれのようでしたが、お元気そうでしたので、少し安心して帰りました。そのとき、『著作集』が第一九巻まで出版され、第二〇巻の計画がありましたので、是非第二〇巻を出してくださいと言ったことが思い出されます。先生は軽くうなずいただけだったと思います。

生前の論文、原稿をまとめて、先生ご自身が予定されていた第二〇巻が出版される運びです。

（神戸大学大学院法学研究科教授）

先生の素顔にふれて

三成美保

塙先生の後任として摂南大学に赴任してから、はや九年になる。はじめて先生の研究室をおとずれたときのことが忘れられない。先生は上機嫌でわたしを迎えてくださった。採用面接の直後のことである。まだ阪神大震災の傷がいえない研究室にはずらっと本がならんでいた。これぜんぶ残していくから自由に使って。先生はそうおっしゃった。なんとご自分の著作集もすべてわたしにくださるという。ありがたくて、先生のお顔がにじみそうだった。

長く研究をつづけていたが、なかなか定職にめぐまれず、その日暮らしのような研究生活を送っていたわたしにとって、摂南大学への就職は願ってもない話であった。しかも専門の西洋法制史で、なんと塙先生の後任というポストである。身がひきしまる思いであった。

先生は神戸大学から摂南大学に移られてからも、精力的にヨーロッパ諸国の法制度を歴史的に検討するご研究を発表してこられた。たいがい一国史でとどまる法制史学界では、異色の才である。いかにも謹厳実直な学者そのものの風貌と研究の幅広さ、漏れ聞く研究への厳しい姿勢に学生・院生時代はおそれおおくてなかなか近寄れなかったが、研究室でワハハと笑って、タバコをくゆらすお姿に、なんともいえぬ親しみやすさをおぼえた。それ以降、わたしはまぎれもなき塙ファンの一人となったのである。

浩先生は、陽子先生とご一緒に学究生活を楽しんでこられた。お連れ合いが研究者であることもあってか、女性研究者に対する偏見はつゆほどもなかった。研究者としてもとめるレベルは高かったが、一人前の研究者として扱ってくださっていると思うと、やる気がむらむらとわきおこった。

そのあとのことであろうか。あるとき、先生は陽子先生のことをお話になった。前年春に思わぬ体調不良がみつかって治療中とのことであった。幸いにも良い治療法がみつかり、快方にむかっているとの由であった。陽子先生のお話になると、先生はほんとうにうれしそうなお顔になる。それはそれは無邪気な幼子のように。容態のことに話が及ぶと、とたんに先生の目に涙がうかぶ。陽子先生なしではやってゆけない。先生ははっきりそうおっしゃった。お二人の厚い信頼関係は、わたしの心にお二人の塙先生への固い信頼をよびおこした。わたしたち夫婦もこうでありたい。強くそう思った。

いま先生の研究室をひきつぎ、研究と教育にいそしんでいる。先生がおられたときとくらべると、私学を取り巻く状況はますます厳しくなりつつある。教員にたいする要求もしだいに多くなっている。しかし、摂南大学法学部は、塙先生をはじめとする創設者の先生方のおかげで研究条件はいたって良い。教員同士、そして、教員と職員の人間関係もすこぶる良好である。いま法学部教員定員二〇余名のうち、女性教員は三名。最高の同僚たちである。浩先生と陽子先生が先鞭をつけてくださった道を、わたしたちは着実に歩んでいると実感できる。

もうすこし先生がいてくださったら、摂南大学でわたしが取り組んだ研究成果を書物にして、先生に手ずから進呈できたものを。そのとき、きっと先生はワハハと豪快に笑って、よくやったとほめてくださっただろう。

先生、すこし早すぎましたよ。わたしは先生にまだ十分恩返しができていません…。

（摂南大学法学部助教授）

大学の同僚から

スイスの法学者ペーター・ノルのこと

久保敬治

㈠　一九五〇年代に、スイスのドイツ語圏内から二人の力量豊かな作家が登場したのであった。当時の西ドイツ文学界において名声をあげ、一九八〇年代にいたるまで、西ドイツ文学界にさまざまな問題作を提示しつづけたマックス・フリッシュ（一九一〇―一九九一）とフリードリヒ・デューレンマット（一九二一―一九九〇）の両者であった。前者のフリッシュは、チューリヒにおいて作家と建築設計士の二重生活を過しながら、多くの注目すべき戯曲を発表し、「シュティラー」（Stiller　主人公の名前）によって作家としての地位を不動のものにしたのであったが、後者のデューレンマットも、フリッシュと同様に、現代社会の底にひそむ深刻な断層とその恐怖を戯曲にて発表する。一九五六年の戯曲「貴婦人故郷に帰る」（Der Besuch der alten Dame）は、彼の文学の世界を確立した作品であった。さらに一九六二年の戯曲「物理学者たち」（Die Physiker）は、二〇世紀最大の問題をニュートン、アインシュタインという名の狂人たちの精神病院への入院という奇想天外なフィクションのなかで鮮烈に提示したものであり、彼の名声を世界的なものにしたものであった。

マックス・フリッシュとフリードリヒ・デューレンマットをとりあげたのは、実は、チューリヒ大学の立法学及び刑事法教授であったペーター・ノル（一九二六―一九八二）という人が一九七三年に刊行した「立法の理論」（Gesetzgebungslehre）を手にしたことが契機となっている。バーゼル大学出身のノルは、一九五五年にバーゼル大学で教授資格を取得して六一年にマインツ大学教授に招請され、六九年には故国にもどってチューリヒ大学教授に就任するにいたった人であるが、バーゼル大学時代からフリッシュ、デューレンマットと接触を重ね、とくにフリッシュと親交を結ぶにいたった情感あふれる法学者であった。したがってノルには、右の「立法の理論」のほか多数の刑事法に関する作品があるが、ほかに鋭利な問題提起を行った社会評論集もあった。一九六八年刊行の「イエスと掟」（Jesus und das Gesetz）は、その代表的なものであった。しかしノルの残した最高の遺作は、その死後二年をへた一九八四年に、親友フリッシュのノルに対する追悼の辞を付し、フリッシュとノルの長女レベッカの両名の手で編集されたノルの「死に行くことと死についての口述」（Peter Noll, Diktate über Sterben und Tod）であった。（注1）それは、膀胱ガンとその転移による死去にいたるまでの約九箇月間のノルのいわば心臓に達する日々の言葉を記録したガン日誌であり、生と死についての自らの問いかけを刻んだものとしてひろく反響を呼んだものであった。チューリヒの Pendo Pocket 版の第二〇巻（一九九九年）におさめられたのも、そのためであった。ノルは、五六歳のときにかなり重症の膀胱ガンにおかされていることを知り、手術をすれば生存率は五〇パーセントであることを告知されるが、生と死に関する自分の考え方から残りの人生を医療施設にしばられて生きることを拒否する。いずれは死ななければならない生者に自分の経験を伝えようと思いたち、残された人生の日々の記録とさまざまな所感をテープに残した。それをマックス・フリッシュとレベッカの両者がまとめたのが、「死に行くことと死についての口述」なのであった。ノルが息をひきとった一九八二年一〇月九日の約一箇月前にポーランドの連帯デモをみるべくワルシャワに一週間滞在したレベッカは、父の死後アメリカに渡り、分子生物学者として活躍中の伯父のところで学んだようである。

(二)　「故人の随筆集の刊行にあたって何か塙についての思い出をしたためて戴きたい」旨の書信を塙未亡人からいただいたのは、五月八日のことであった。ほぼ五〇年にわたる故人との交わりには余りにも多くのことがあり、そのいずれもが心のなかに焼きついて胸が熱くなり、あのときの語らい、あの時代の雰囲気が彷彿として浮びあがり、自由に筆を運ぶことができない。戦前の教育制度で成功したのは、そうして最高傑作であったのは旧制高校であった。そのことは、塙さんともども決定していた。塙さんの母校五高の寮歌をここにつづり、あわせて私の母校四高の寮歌もここにかかげて筆を折り、目をつぶりたい。感性豊かなそうして寛容な塙さんならばそれを許していただけるのではないか。しかしペーター・ノル論をとりあげたのは、そうもいかないのではないかという思いからであった。

ノルのガン口述に入るにさきだち、三〇余年間共通の職場であった神戸大学法学部で接した西洋法制史学者塙さんについての所感をかかげておきたい。

フランス法制史論等においては、おそらく愚直に史料を集め、愚直に史料を読まれていたのではないか。塙さんは、あるいは絶滅寸前の越前、西陣といった地方織の職人のような心境になっていたのではないか。それはまさに極道だったといえるのではないか。

学問には国境はないといわれるが、学者には国境があるというのが持論である。塙さんは、西欧の法制史学者にはできないような法制史、法学史を魅せてくれる人であったのではなかろうか。

瀧川幸辰「随想と回想」（一九三七・立命館出版部）には、瀧川が京大に入学した当時いわゆる傍系学生（旧制公・私立高商、旧制公・私立大学予科などの出身者）の編入学制度があったこと、「どこか間のぬけた（旧制）高等学校出は隙の少い、がっちりした傍系学生と融和し難く感じた」ことが記されている。おそらくどこか間のぬけた五高出の塙さんが西洋法制史学を選んだということは、「偶然だということが結局一つの必然だった」ことを物語っているのではないか。法律学アカデミーの極ともいえる西洋法制史学の研究は、知的ゼイタクそのものであったといえるのではないか。

遠からず西方浄土に旅立つことになるのではあるが、かの地で塙さんにぜひ教示していただきたいことがある。一九八四年に神戸大学を定年後年とともに生活の糧であった労働法学に距離をおきつつある私であるが、Wege der deutschen Literatur, Propyläen Taschenbuch, 1997 というガイドブックで、「ヴェッソブルンの祈り」という古高ドイツ語最大の文献の一つを知ったことであった。一九六四年六月にパリからハンブルクに来られた塙さんから、たしか耳にしたことでもあった。ゲルマン世界にキリスト教が浸透しつつあった八世紀後半に書きとめられたドキュメントの一つであり、ミュンヘンの西南にある寒村ヴェッソブルンの修道院の写本のなかに記されているものであった。右にあげたガイドブックにおける標準ドイツ語訳をみても、古代ドイツの広大な風景の拡がりが感動をもってせまってくるようである。塙さんに請う。かの地におけるヴェッソブルンの祈りの各講義を。

㈢　ペーター・ノルの口述は、一九八一年一二月二八日にセカンドハウスのあったラークスではじまる。ラークスは、アルプスの少女ハイジの故里マイエンフェルトの南西に位置する。ノルは、チューリヒの住まいとラークスの住まいとの間を往復し、翌八二年一〇月九日にチューリヒで死去したのであったが、口述は九月二〇日に実質的に終結したのであった。その直前、ガンの転移は、彼の個々の器官をほぼ破壊したからであった。

ここではノルの口述のうち、①論文における文献引用、文献借用について語った八二年一月一六日のチューリヒの住まいにおける部分。②個人の人生の長さについて記録した四八年一月九日の部分。それは、親友フリッシュが指導したバーゼル市立劇場での舞台稽古を見学したさいに書きつづった原稿を口述のうちに挿入したものであった。③酒とのつき合いについて語った八二年二月一九日のラークスの住まいにおける部分。塙さんとの交友はアルコールを抜いては語れない。ペーター・ノルよ。よくぞ「アルコールとの付き合い」についての口述を残してくれたものだというのが、この小文をしたためつつある私の実感であった。④多作、乱作と思想の質の問題について語った八二年二月二八日のラークスの住まいにおける部分、をとりあげたい。そのいずれにも、塙さんは文句なしに賛同してくれるであろう。敏感に物事を察する本能的カンの持主であった塙さんならば、かならずやそうしてくれるであろうと確信する。

① 一九八二年一月一六日の口述

「最近の学問がみずからいかにはかないこと（Vergänglichkeit）をしているのか。たとえばAはBの考え方を借用する（übernehmen）と、Aは最初の論文のなかでは、しかるべくBの論文を引用して出典を記する。しかし後にAが同じテーマにもどったとき、つぎの論文のなかでは、Aはみずからを、即ち最初の自分の論文を引用するだけで、Bについてはもはやふれることはない。引用（Zitieren）や借用（Nichtzitieren）については、長文にわたる分析や風刺（Analyse und Satire）を書けるであろう。たとえば、一次資料を読んでいないのに、二次資料を引用せず一次資料から引用したように記することはしばしば見られる。それは、二次資料を安易に引用しただけなのである。あるとき、ドクター論文執筆者からドクター請求論文を受取った。その史的序論にルターが引用されていたので、彼に〝ルターを全部読まないでこの序論を書きましたね、どこから引用しましたか〟と尋ねた。すると彼は、他のドクター請求論文から引用したことを認めた。しかし彼の孫引きをしたその論文もまた、ある法史学概説という本から孫引きしていたのであった。こういったことをするのは、ドクター論文執筆学生だけと思うなかれ」。

②一九四八年一月九日の記録

「個人の人生の長さは、後になって、何か絶対的なもの（etwas Absolutes）を持つようである。ゲーテ（一七四九―一八三二）やシラー（一七五九―一八〇五）が三〇歳で死んだとしたら、われわれが倦むことなく働きかける文化の何が失われたであろうかを問うことができる。ゲーテとシラーの両者は、まずもって初期の作品において画期的ではあった。しかしファウスト第二部とエッカーマンとの対話のないゲーテを想像することはできないであろうし、極端に古典的で抽象にまで高められた仰々しさ（Theatralik）をもつメッシーナの花嫁のないシラーを考えることはできないであろう。各人の人生は丸く、完全であり(rund und ein Ganzes)、死は適当な時期に訪れる。これは平凡な文章(banale Satz）で、今の場合あてはまる。しかし問いを逆に向ければ、その文章は平凡でなくなる。歩まなかった人生や踏み出さなかった考え（ungelaufene Lebensläufen und ungegangene Gedankengänge）を想像することはできない。シューベルトの未完成交響曲は、こうした想像そのものが未完成であることを示している。さらに内からも外からも時宜に適した人生（zeitgerechte Lebensläufe）がある。バッハ（一六八五—一七五〇）は六五歳で死んだ。ロ短調ミサを聞けば、若いころの作品よりも晩年の作品の方がいまなおすぐれていることが分る。同じことは三四歳しか生きなかったモーツァルト（一七五六—一七九一）にもいえる。はっきりと目に見える年齢によるおとろえは稀である」。

③ 一九八二年二月一九日の口述

「アルコールとの付き合い（Umgang mit dem Alkohol)。朝からワインを飲んではならない。夕食にワインを飲むべきだ。ワインはインスピレーションを与えてくれない。夕方の五時から八時までウイスキーかウォッカを飲んでもよろしい。水かオレンジジュースで割って飲むのが一番よい。そうすれば思考は損われないであろう。偉大な文学は、大酒飲み（Trunkenbolden）の書いた文学である。知ってのとおり、ゲーテも一日に二、三リットルのワインを飲んだ」。

④ 一九八二年二月二八日の口述

「乱作（Vielschreiberei）が思想にどのような影響を与えるのかという問題にもどろう。乱作は、とくに人気のある乱作家に集中する。二〇世紀では、ただ一編の小論文で有名になった法学者は一人もいない。たいていは、多くの論文でもって有名になる。しかしいま私の念頭にあるのは哲学者と社会学者で、かれらは体系に締めつけられていないので、大きな主題（grösseres Thema）はもたないが、言いたいことは多くあるのである。そうして乱作が集中されることになると、思想は貧困化（Verarmung）をたどることになる。白紙（freie Flächen）を自分の考えの土台であると思う人はほとんどいない。かれらはみな、図書館で営々と努力する。註釈がますます増えるにつれて、本文がますます減っていく。思想家の数は思想の質をよくしていないようである。他人が既に言ったことを、知らず知らずのうちにくり返すことになる。学問の世界で自分が出世するためには物事をきわめて早く運ばなければならないので、一次資料にまでさかのぼる人はほとんどいない。せいぜい一〇年来の学問的議論に手を加えるだけであり、二次資料からとられたアリストテレスやモンテスキューの引用文が用いられるぐらいである(注2)」。

五〇歳ごろまでは、行く人がいれば、来る人もいるという思いがときに現われていた。しかしここ一五年来、周りの人たちはつぎからつぎへと去っていく。老いてなお生きるとはこういうものなのか。塙さんの霊よ安かれと祈りつつ、筆を置く。

(注1) ノルの本書については、杉山茂夫＝美甘保子による訳書「死と向いあう」(一九八八・河出書房新社) がある。

(注2) ノルの長女レベッカの「最後の日々」と題する記録の終わりをかかげておきたい。「父は深く苦しみにみちた息づかいをしはじめました。頭に浮んだのは、神様、人間をこんなに苦しめないで下さい (Der liebe Gott kann einen Mensch doch nicht so leiden lassen !) という言葉でした。でもすぐに、やっぱり神様、あなたはどんな人間をもかならずこのように苦しめるのですね (Doch ! Der liebe Gott lässt den Menschen so leiden-genau so !) という考えが浮んだとたん、父は息をひきとりました。一九八二年一〇月九日の夜明けの四時のことでした。」

(神戸大学名誉教授)

「十三」の酒

鈴木正裕

この論集に塙さんの追憶談を書くようにというご注文を陽子未亡人から受けたとき、「あれだけお世話になった塙さんですから、喜んで」と景気よくお答えした。といって、そのとき何を書くのか、別に頭に浮んでいたわけではない。むしろ反対に、頭の中は空っぽだった。そして、その状態がしばらくの間続いてしまった。長い間お世話になった恩師や、若いときからの親友に亡くなられて、何か思い出話を書くようにと頼まれたとき、いつも感じるあの空白状態である。一杯エピソードを知っているようで、余りに存在が身近かにすぎたためか、書くに足るエピソードが浮んでこないのである。塙さんの場合も同じであった。

そこで、塙さんとなぜあれだけ親しくなったのか（可愛がっていただいたのか）、そのそものきっかけを思い出そうとした。私は実定法学者のくせに、好んで歴史ものを書く。そのさいに、塙さんに随分お世話になった。基礎的なラテン語の術語が分からなくて、塙さんに貴重な時間を割いていろいろと調べて貰った上、ご教示を頂戴したこともある。しかし、これとてもすでに親しくなっていたので、塙さんはそこまでの好意を私に示してくださったのである。親しくなったのは、どういうきっかけからか。あれこれ考え、思い出して、ようやくたどりついたのが酒であった。それも「十三」の酒である。

しかしこの話には、少々前説―前置きの話―が必要である。しばらく我慢して、お読みいただきたい。――神戸大学法学部には、第二課程と呼ばれる夜間学部がある。この頃こそ、昼夜開講制といって夜間の学生も昼間の講義を一定限度聴くことができるが、以前にはそのような便利な制度はなく、夜間の学生は夜間の講義しか聴けない。仕事を終えてその夜間の講義に駆けつけてくる学生のために、同じ講義は同じ日に二コマ連続して行われていた。昼間の学生なら、一週のうち二日かけて聴く講義を、一日で聴くことができるようにしたのである。その代り講義をする教師のほうは、かなりの程度グロッキーになってしまう。何しろ一〇分間の休憩をとって（実際上は一五分間くらいとっていたが）、一時間半の講義を連続して行うのである。

そのうえ同学部は、セメスター制（半年講義制）をとっていた。私は赴任して数年の間、いつも後期（秋・冬学期）の講義を担当していた。私の専門の民事訴訟法は、一部（判決手続）と二部（執行・倒産）に分科して、学生に教えるのが伝統となっていた。そして同じ分野に教授と助教授がいる場合、一部を教授が、二部を助教授が担当するというのは、多分どこの大学でも見られる現象であろう。だから私は、助教授の間はほとんど二部を担当していたし、この二部の講義が後期に行われたのである。そして、この後期の講義が塙さんの西洋法史の講義と同じ曜日に行われた。最初の年からそうであったかどうかはもう失念したが、何年間にもわたって同じ曜日に行われたのである。西洋法史を聴く学生と民事訴訟法二部を聴く学生の間で、聴きたい講義がダブって行われるというクレームが出るはずもない、というのも一因であったろう。ともかく二人は、いつも一緒に帰路についた。

神戸大学法学部は、六甲山の山腹の高台にある。麓の平地との間では、冬場で二度からの温度差があるという。麓では雪が降っていないのに、法学部の付近では雪がぱらついているのはしじゅう見る景色である。前にも述べたように、一〇分間の休憩をはさんで一時間半の講義の連続である。もうかなり疲れ切った身体に、この寒さである。夜間の講義は、ほんとうに辛かった（もっともその代償として、神戸大学の正門からは大阪湾を取り囲む壮麗としかいいようのない夜景を望見できる。しかしこの楽しみも赴任した最初の一年目くらいで、二年目からは寒さが先立って身にしみる）。

塙さんと私は、市バスか、事務室に頼んで呼んで貰ったタクシーに乗って、ようやく麓の阪急電車の駅にたどり着く。車中の暖房によって人心地を取り戻して、いろいろとしゃべり始めるが、そのうちに電車は十三駅に近づく。本来なら、二人はここでお別れである。塙さんは京都線に乗り換えられ、私はまっすぐ大阪梅田駅へと行く。十三《じゅうそう》の「三」をそうと読むのは、むしろ古語では正しく、私の知人に三木という姓を「そうぎ」と読ませる古い家系の持主がいる。十三は淀川の前身、中津川の第十三番目の渡しだったことからその名がある、というが、どこから数えて第十三番目なのかも定かではない。とにかく、戦前はさほど知られていなかったが、阪急電車が、神戸線、宝塚線、京都線とその主要三線の分岐点としてからは、近畿圏で広く知られるようになり、藤田まことの「十三の姐ちゃん」の唄で全国的にも知られるようになった（と人はいう）。

ところが、その十三の駅が近づくと、塙さんは「鈴木君、何や淋しいな」といわれる。私はすかさず「一丁、行きましょうか」と答える。塙さんは、「そうしよう。というて、毎度のことやけどな」と笑われる。十三の駅前通りは、有名な焼餅屋がまず目につくが、そのほかはほとんどがサラリーマン相手の居酒屋か小料理屋である。そこに坐りこんで、おでんや焼魚、ほうれん草のおひたしなどを注文し、酒を飲む。私のほうは空腹感もあって、がつがつと食べ、ぐいぐいと飲む。塙さんはつまみを少しばかり口に入れ、酒（ビールよりも、日本酒が好きであった）をちびりちびりと飲まれる。いかにもおっとりと、酒を楽しんでおられる風情である。私は酒の上での、育ちの良さというか、キャリアの差をつくづくと感じさせられた。ともかく数年間、後期になると毎週このようにして二人で十三で一時間、二時間を過していた。親しくなった（可愛がっていただくようになった）のも当然の成行きであったろう。

陽子未亡人のお話では、塙さんの飲みっ振りは、ご自宅でも先と同じようで、「うちの主人は、食べ物よりも、酒だけで生きてるような人でした」と笑っておられた。その塙さんが、ご逝去の前一か月近くなると、「酒がおいしゅうのうなった。もういらん」と断られたという。塙さんはあれだけ愛飲し続けられた酒とも別れを告げて、あの世へ旅立たれたのである。私としては、何としても淋しい。いずれ出かけて行って、また酒のお相手をしたいと思っている。

（元神戸大学学長・神戸大学名誉教授・弁護士）

フランス好みのオシャレ

田中吉之助

塙先生と私との年齢の差はあまりない。先生も私も京都三中の卒業生であり、先生は私の一年先輩である。先生の名前を初めて意識したのは私が四年の時である。その頃、中学では、後の上級校への入学試験受験のための成績資料を得るために、四年生以上の在校生全員が共通の試験をうけることになっていた。この発表された結果の中に、優秀な成績の〝塙浩〟の名前に気付いたのである。先生は文科系の希望であり、私は理科系と希望が違うこともあったが、俊才〝塙浩〟の名前を知ったのはその頃である。

それからあの第二次世界大戦に入ったのであるが、その後の先生との交流は殆んど無かった。先生は高等学校の生活を熊本の五高で過ごされたと聞いているが、如何に戦時下の抑圧された生活を過ごされたのか、如何に弊衣破帽《へいいはぼう》で寮歌を吟じて若人の血を燃やされたのかはさだかではない。私は文科系の人々のこの頃の生活について訊くことに、ある種のおそれを感じている。学徒動員の名の下に駆り出された文科系の連中に比べて、入隊延期で内地で勉学出来た理科系の者達が持つコンプレックスによるのである。この間のことについては、他の皆さんの詳しいところであろう。

次によくお目にかかるようになったのは、戦争も終り、四十年も経って、大阪にある大学の寝屋川キャンパスにおいてである。私はその頃からその学校に勤務していた。塙先生はそれより前から法学部にあって、法学部の設立に盡力されていた。先生の奥様もまた学部の新設を始め、多くのお仕事をされていた。このように同じキャンパスで働くことになり、同じ京阪電車で通うようになったのであるが、ここに入試業務の関係、図書館業務の関係が絡んでくる。

九〇年度前半は、先生は図書館の充実にも当たられ図書館長をもつとめられている。その頃私は入試に関係していた。九〇年度後半には先生は法学部長をなさるとともに、入試にも責任ある立場におられた。私は入試から離れて図書館のお世話をするようになった。このように、先生のあとを私が、私のあとを先生がというような深い関係になったのである。

これらの時期における学校での思い出の一つは、入試関係の会でのことである。各分野で充分に検討された問題が集められるのであるが、すべての問題が集められるまでの待時間がある。そこには櫻井学長や塙先生等がよく詰めておられた。先生方は誠に博識であり、そのお話を聞いているのが、如何に樂しかったかが思い出される。時々、ベッドフォード先生がおられることもあり、明るい樂しい時間を過ごしたものである。もう一つは学部長等の会においてのことである。先生は会議においてそれほど多辯ではなかった。しかし、仰ることは盤石の重みをもち、正鵠《せいこく》を射るものであったことが記憶に残る。

先生はお酒がお好きであった。樂しむお酒であって、決して人に迷惑をかけるようなお酒ではない。陶酔の境地に樂しく遊ばれたのである。

また、先生はフランス好みのオシャレであった。頭にヒョイとかぶっておられる帽子がどれもこれも似合うのであった。御夫妻ともにフランス好みであって、毎夏には、パリや近郊で休みを過ごしておられたことを記憶している。

このフランス好みも由緒あるものと考えられる。先生は奥様を大事にされるとともに、奥様をとても頼りにしておられた。愛すべき先生を懐かしく思い出すものである。

（京都大学名誉教授）

ある日の塙 浩先生

福永有利

西陣の「萬重《まんしげ》」という割烹料亭で、塙先生にご馳走になったことがある。恩知らずな話であるが、いつの頃であったか記憶が定かでない。私が神戸大学に移ってきてすぐのことであるような気がする。鈴木正裕先生が同席されていたので、私の妻の就職口を探していただくお願いにあがったときのことではないかと思う。お願いに行って、ご馳走になるというのは、いささか社会常識に反するようであるが、それが、塙先生ご夫妻のお優しさであり、私の厚かましさでもある。

会席料理と美酒を存分に頂き、仲居さんが、膳を下げにきたときのことである。浩先生が、「この鯛のあら煮をちょっと包んで欲しい」と言われた。仲居さんが、「他に残っているものも含めて折に詰めて、お帰りのときにお渡しします」と応じたのに対し、「猫にやるためなので、少しだけでよいし、わざわざ折に入れてもらう必要もない」と仰った。

鈴木先生だったか私だったかが、「猫を飼っておられるのですか」と尋ねたところ、「庭をうろうろしているのがおるので、たまにエサをやったりしているが、まだ、所有するところまではいっていない。飼い主になると、どこから苦情が持ち込まれるか分からないからな」というご返事であった。この先生のお話が、なぜ、このように鮮明に記憶に残っているのか、私にもよく分からないが、今になって考えてみると、浩先生の心の余裕と慎重さが、このようなことにも現れているように思えてならない。

この思い出話を書いて、その見出しを「ある日の塙 浩先生」としたところで、芥川龍之介の小説に「或日の大石内蔵之助」というのがあったのを思い出した。そして、浩先生は、大石内蔵之助に似ておられたのではないかという、いささか牽強付会《けんきょうふかい》ともいえる考えに取り付かれた。浩先生は、法史というご専門のせいか、何事についても、当面の現象に惑わされることなく、クールに物事の本質を見抜かれておられたようであるし、お酒もたいそうお好きなようであったから、この奇想天外な想像も、案外、当たっているかもしれないなどと、勝手なことを考えている。このような珍説に対し、天上の先生は、どのような反応を示されるであろうか。是非伺ってみたいものである。

（神戸大学名誉教授）

京・紫野の学び人

佐久間　修

初めてお会いしたとき　塙先生と初めてお会いしたのは、もう二〇数年ほど前、私が名古屋大学の大学院生だったころである。当時、神戸大学教授として集中講義に来られた先生は、カロリーナ刑法典などについて、豊富な資料をお使いになられて、いかにも楽しそうに西洋法制史の授業をして下さった。その際、先生から頂戴した抜刷りや各種の資料は、いまも私の書棚に並べられている。つぎに、親しくお付き合い頂くことになったのは、昭和六〇年に、私が京都産業大学に奉職するときにご尽力頂いてからである。それ以来、京都に引っ越した私の家族も含めて、本当にいろいろとお世話になった。

先生からお教え頂いたこと　先生が御研究になった西洋法制史は、刑法学を中心とする私の専門とは異なっていたものの、「研究者の在り方」について、先生から教えられた点は、大変に多かったとおもう。なるほど、一般には「象牙の塔」と称される大学も、様々な出来事があり、そうした環境の中でも、複雑な人間関係から一定の距離を置きつつ、自らは「研究者」としての姿勢を全うする術を、身近な形でご教示頂いたからである。その意味で、学問的な面でご指導を賜った大塚仁先生が、私にとって「第一の師」であるとすれば、塙先生は、大学という職場での身の処し方を教えて下さった点で、まさしく「第二の師」であった。

先生にとっての奥様　さて、卓越した研究者である塙先生が発表された膨大な著作は、フランス民法の研究者である奥様の支えによる部分が大きかったとおもう。このことは、家族共々親しくさせて頂いた私と家内が強く感じたところである。かつて奥様が一時病に倒れられたとき、京都・大宮の御薗橋近くで先生とお会いした際の光景は、いまでも脳裏に焼き付いている。あの時の先生の悄然としたお姿を思い浮かべるとき、奥様のご病気が、先生にとって如何に衝撃を与えたかは、想像に難くないのである。

先生がお好きだったもの　その後、奥様は順調に回復され、再び、先生と奥様の穏やかな生活が戻ったかのように見えた。しかし、しばらくして、今度は、先生が病の床につかれることとなった。私も、お見舞いのため、何度か、京都の桂病院に伺ったが、私が最後にお会いしたときには、すでに意識不明の状態が続いておられた。しかし、その少し前のお見舞いの折り、病床から「佐久間君の持ってきた、あのお酒は美味しかったなあ」と声を掛けられ、言葉に詰まったことがある。生前よくお酒を嗜《たしな》まれた先生らしいお言葉であったが、程なくして、先生は、最愛の奥様に看取られ、不帰の人となられた。

プライベートな面でも親しくお教えを賜った者として、先生のお人柄についての数々の思い出は尽きない。しかし、この場は、悲嘆の思いを抑えつつ、改めて先生のご冥福を心からお祈りするとともに、生前のご指導に対して感謝するばかりである。

（大阪大学大学院法学研究科教授）

大学行政と研究の間で

宮川　聡

正確な日時は覚えていないが、塙 浩先生に初めてお目にかかったのは、一九八四年の六月ではなかったかと思う。当時、私は神戸大学の大学院法学研究科博士後期課程の三年生で、鈴木正裕先生のご指導を受け民事訴訟法の研究を行っていた。塙先生は同じ大学院で西洋法制史を担当されていたが、授業ではフランス語の文献を講読されていたため、私は履修していなかった。そのため、大学院では、まったくお目にかかる機会がなかった。鈴木先生のご紹介で、当時、陽子先生が所属されていた京都産業大学法学部への就職のお話をいただき、紫野のお宅を伺ったが、それはご夫妻による一種の事前面接であった。あらかじめ鈴木先生から、時間の厳守や服装についてご注意をいただいているため、どんなに厳しい先生であろうかと内心びくびくしていたが、実際にお話をしてみると、ご夫妻ともに非常に気さくで、私にとってはとても親しみやすい先生であった。

八四年一〇月に京産大に就職し、その後は陽子先生と同じ民法担当として教壇に立つことになったが、浩先生も当時非常勤講師として京産大で講義されていたため、何度か大学でお話をする機会もあった。その際には、ご自身が初めて大学で講義されたときの話など、まだ学生に教えることに慣れていなかった私にとっては貴重なご助言もいただいた。浩先生がされたお話でもっとも強く印象に残っているのは、「努力をすることもひとつの才能だが、学者の中にはその才能さえない人がいる」ということであった。私自身もそのように評価されないようにしなければと今さらながら考えている。

その後、私は八七年四月に陽子先生とともに翌年創設される予定になっていた法学部の創設メンバーとして摂南大学に移籍したが、浩先生は八八年四月に副学部長として着任され、学部長となられた後に退職されるまで同じ学部に勤務することができた。法学部設置に関する当時の文部省との交渉過程では、初代の法学部長をつとめられた高田卓爾先生とともに大変ご苦労をされたというお話を伺っていたが、法学部開設後も、理科系中心に考える大学当局との交渉などで、神戸大学では考えられなかったような問題に直面され、なかなか研究にご専念いただけなかったのではと思う。

また、九二年一〇月から一年間スコットランドのダンディー大学（University of Dundee）に留学する機会を与えられたが、法学部の教員としてははじめての長期留学であったため、大学からその許可を得るについて、浩先生には大変ご尽力いただいたと伺っている。私が留学中の九三年八月に、浩先生と陽子先生がパリに滞在されるとの連絡をいただいたが、その時期には、スコットランドで親しくなった友人に招かれ、妻とともにスペインのバスク地方を旅行していたため、残念ながらパリでお目にかかることはできなかった。唯一の心残りである。

私が留学から帰国した翌年、一九九四年四月に法学部長になられた浩先生は、その後も、貴重な論文を次々と摂南法学などに掲載されたが、学部長として行政的な仕事にかなりの時間を割かれていることを知っていただけに、よく研究に専念する時間がおありだなと感心するばかりであった。浩先生は、民事訴訟法の研究者がほとんど目を向けていないような諸国の民事訴訟制度について、その全体像を紹介する貴重なご論文を公刊されている。私たちにとっては、非常に参考になるものである。法科大学院の設置によって、外国法の研究、とくにアメリカやイギリス、フランス、ドイツ以外の諸国の法制度の研究に民事訴訟法学者が費やすことのできる時間がますます少なくなるのではという危惧があり、先生のご研究の成果を生かすためには、私たちがより一層努力する必要があろう。

個人的な事柄であるが、塙先生ご夫妻には、私の結婚披露宴に出席していただき、浩先生にはスピーチをお願いした。その際、引用される予定であった漢詩が、妻側の主賓として出席していただいていた大阪市立大学の片山智行先生（中国文学）によって先に暗誦されたために、多少お困りになっていたというのも今では懐かしい出来事となっている。また同じ京都大学の卒業生であるということもあって、私の亡父も浩先生に親しくしていただき、葬儀にもわざわざ参列いただいた。

浩先生に最後にお目にかかったのは、二〇〇一年一二月に妻とともに入院されている病院にお見舞いに伺ったときであった。そのときには、もうかなり衰弱されていたため、長時間お話しすることはできなかったが、翌年の春までは大丈夫だと担当医からいわれていますということで、少し安心し、またお見舞いに伺いますということでお別れした。ところが、翌一月に急にお亡くなりになり、非常に驚くとともに、もう浩先生のお話を伺う機会もなくなってしまったのかと残念な思いでいっぱいになった。今は、浩先生のこれまでのご厚情に感謝を申し上げるとともに、陽子先生が今後もご健康でご活躍いただけることを希望するばかりである。

（摂南大学法学部助教授）

学友から

争いを好まず地位を求めず

池田　孝

五高同級生の中で、自分ほど塙にお世話になり、ご迷惑を掛けた者はなかろう。申訳なく思っている。

クラス四〇名のうち、京都の中学から入学して来たのが塙一人だったためか、京都といえば塙、塙といえば京都、という条件反射的な結び付きが自然と出来上がっていた。京都に行く者はみんな塙宅を訪れた。私も戦中から既にお世話になっている。

終戦の前年だったと思う、翌年一月に入隊の通知が来ていたので、最後の見納めに京都を訪れた。塙に各所を案内してもらい、空襲で焼失してしまうかも知れない京都の街を眺めて、平安神宮前で別れを惜しんだ。

大学に入ってからは、ご家族の皆さんにも大変お世話になった。特に、卒業直前の昭和二四年三月、私は急に声が出なくなり、足が前に進まぬ病気で倒れた。お母様初めご一家の、また同級生の諸兄の献身的看護により、一命を取り留めた。これは一生忘れられないことで、そのご恩に酬ゆることもできていない。

塙は誰に対しても常に誠実であり、人と争うことを嫌った。他人の言うことはよく聞いてやり、自己の考えを押し付けることはしなかった。時々交える京都弁の柔らかい上品な響きがまた、接する級友に近付き易さを覚えさせていたように思う。塙宅を訪れる多くの友人達は、彼の人柄と誠実さを慕って寄ったのであり、たまたま住まいが古都という土地柄の魅力のせいばかりではなかった。

それにしても、われわれ同窓一同は、彼の美質は知っているが、学者としてのスケールの大きさについては殆ど知らない。社会的地位を求めたり人と争ったりすることを嫌った彼は、一流企業に殺到して就職しようとする所謂会社勤めを願わず、学究の道を選んだ。

学生時代の彼は実によく勉強した。熱中すれば夜を徹することさえ度々であった。特に語学の勉強（フランス語・ドイツ語・ギリシャ語など）は学者として必要条件だったので格別に熱心だった。

大学卒業後一時京都の高等学校で教鞭を執ったが、やがて大学院に進んだ。神戸大学に着任して以後、水を得た魚のように研究に没頭し、また大阪大学を初めとする全国各地の大学に非常勤講師として赴き、その活躍ぶりは人の目を見張らせるものばかりであった。海外留学も数度に及んで研鑽を重ねた。やがて法学博士の称号を授与される。転じて摂南大学法学部の創設に尽力し、同大学法学部長にもなって退休した。

その間実に四〇年余、挙げられた業績は大著『西洋法史研究』に結実することになる。その学問的価値は学界においても高く評価されていると聞く。この他に多くの学術的著作を物し、また珠玉の如く美しい随筆も数々残している。心優しく一見弱々しそうに見える彼のどこにそんな活力が秘められていたのだろうか。

ただ残念なことは、『西洋法史研究』のうち最終巻が生前刊行されなかったことだ。最後に会った時、「第二〇巻が残っている」と語った、彼の淋しそうな横顔が忘れられない。その時に約束した大徳寺高桐院の紅葉見物も遂に実現しなかった。

思えば、初志を貫徹した立派な塙の生涯であった。われわれ同級生の模範である。

塙兄の御冥福をお祈りします。

（旧制五高同級生）

アッと言う間の六十年

岡本光二

昭和一八（四三）年四月初め、五高生だという喜びを帽子で抑えて芦屋の家を出、翌朝、第五高等学校習学寮に足を入れた。

旧制高等学校は、東京、京都等にある旧制帝国大学（戦後は単に「大学」と言う）の予備教育段階の学校で三年制。第一高等学校（一高）から八高迄と弘前高校のように地名をつけた高校が全国に三〇数校あった。各校に文科（L）と理科（S）があり、文科は大学の法・経済・文学部に、理科は理・工・農・医・薬学部に入学できた。他に高等商業学校、高等工業学校という名の（上に地名を入れる）商業、工業に関する専門教育を施す学校が府・県（高校のない県を重視した）におかれた。旧制中学校（五年制）の四年修了が高校の、五年卒業が専門学校の受験資格があった。

昭和六（三一）年、日本軍は瀋陽北方の柳条湖で鉄道を爆破し、それを中国軍が爆破したと称して侵略戦争を開始した（満洲事変）。翌年、上海で衝突し（上海事変）、中国との間に爆発寸前の関係を生じた。

　国内では昭和七（三二）年五月一五日（五・一五事件）、昭和一一（三六）年二月二六日（二・二六事件）と、海軍、陸軍が時の首相、閣僚の殺害を企てるというテロ事件を起し、段々国を右の方に引っ張っていった。

　昭和一二（三七）年七月七日、盧溝橋で起った銃撃戦が次第に拡がり、中国も重慶に遷都し長期戦政策をとった。日本はドイツ、イタリーと三国同盟を締結したが、三国は孤立し、敵対関係をふやした。アメリカとの関係は難しくなり、昭和一六（四一）年には通商関係は断絶された。米、麦、棉花、石油すべて輸入に頼っていたのが漸減傾向に入っていた。アメリカとの断絶で、日本が中国への侵略を停止しない限り復旧は困難と感じられた。

　アメリカへの宣戦布告が日本のワシントン大使館の不手際で遅れ、無通告のまま昭和一六（四一）年一二月八日、パールハーバーで軍艦、飛行場に大空襲をかけ太平洋戦争に突入した。

　食糧は昭和一五（四〇）年より京都、大阪では米が一日二合三勺の配給制、制服が木綿からステープル・ファイバー（ス・フと言う）のペラペラした物に変り、物不足がそこ迄迫っていた。

　太平洋戦争直前、東条首相の専断で高等学校三年制が二年一学期制にきまった。昭和一八年三月卒業が一七年九月卒業になったのが最初である。政府の知る戦況の悪化に伴なって、昭和一八年一月二四日、本年度高等学校入学生より、学制は二年制に短縮された。

　私達が二年制になった生徒だが、新入の段階ではその重要性は充分理解されていなかった。習学寮では一年生全員入寮になった。三年四人（惣代）、二年一二人が残寮して指導に当たってくれた。食事、外出すべて規制されていたが、中学時代とはまるで異った雰囲気である。二二時消灯だが、読書時間が足りず廊下の電燈を利用し出し、それが一般化した。世にロー勉という。学校側も或程度理解して二学期からは知命堂を読書用に開放した。

　四月の日曜日、塙の部屋に一〇人近く集っている。前を通って見ると、塙が小さな黒板に数式を書いて
「これを黄金分割言うねん」

京都訛の塙言葉で説明していた。数学の話でも適切な表現で行なわれ、皆、納得していた。

　時代の変りは迅速だ。山本五十六連合艦隊司令長官の戦死。戦争の行方に大きな曇りが現われた。二学期は八月二一日から始まる。九月二二日、朝食の席で岩村惣代より、「文科は徴兵猶予が停止された」旨、告げられる。普通の男子は二〇歳で政府指定の身体検査を受け、甲種、乙種、丙種、丁種と分けられる。当時は甲種のみでなく乙種も検査合格で陸海軍に入隊する。学生、生徒のみ在学期間中は徴兵検査が延期されていた。今回の決定

で文科は二〇歳になったら徴兵検査を受け入隊となり、此の年、学徒兵は一二月一日陸軍、一二月一〇日海軍へ入隊した。

私達のクラスでは久和、田尻、春口の三人が該当する。田尻は一一月腸チフスで死去、春口は海軍少尉で昭和二〇年七月フィリピンで戦死、久和だけが陸軍中尉で戻ってきた。

九月二五日、希望者参加という形で球磨川下りが行われ多数参加した。この晩初めて、そしてこの晩限りで徳利一本配られた。

「うまかった」。

徴兵猶予廃止の余波もあり、舟の中でも元気一杯、満足な旅だった。

昭和一九（四四）年になった。徴兵年齢が一年引き下げられ一九歳で検査が行なわれる。同級生の中にも真面目に勉強するものと、自分の趣味に生きるものとの間に微妙な違いが起った気がした。

五月、三年生は佐世保造船所に動員された。私達二年文科は七月長崎造船所動員と示される。

私は五月徴兵検査、甲種合格、海軍航空予備生徒試験に合格（同期で五人）。

七月長崎造船所に行く。考えて見れば、私達が入学した時の三年生は二年一学期の五高生活、二年生は二年一か月、私達は一年一学期の五高生活修了か。こんなひどいことがあるもんか。八月一〇日三重海軍航空隊に予備生として入る。

塙は昭和二三（四八）年三月、大学卒業と共に新制高校の教師、ここで新しい彼の勉強が始まる。二五（五〇）年京都大学大学院に戻ってくる。二八（五三）年神戸大学へ講師となってからの彼は順調に教授への途を進む。

私は二四（四九）年に司法試験不合格、二五（五〇）年日本郵船入社、四四（六九）年脳の動脈瘤手術で人生資格半減。

塙は着々と勉強して見事な論文、著作本を纏められる。時々彼から送られる「神戸法学雑誌」のなかの格調ある論文や翻訳には頭がさがる。随所に出される随筆や英詩翻訳には彼の文学趣味が溢れている。殊にフランス、イギリス在留中の文章には外国にいる間に得られた感性がそのままに出ていて、趣深い。

刑法学の泰斗、佐伯千仭先生（五高の先輩）が、著作集二〇巻刊行の旨、知られると、「塙君ほど立派な仕事をした人は滅多にない。各大学の法制史をとって見ても彼のが一番すぐれている。二〇巻までを出版されると聞いて、これ程嬉しいことはない。」と言われた。

何年か忘れたが、五高の同窓会の時だ。さんさんと陽の照る武夫原で、ワイシャツの前を少しあけてふらふらとやって来た。酒を入れたコップを前に差し出しながら、岡本（おかもとぅ）、おれ、五高が大好きやねん。
わかるわかる。一年一学期で五高は卒業出来ん。俺も五高が大好きや！。
（旧制五高同級生）

あのなあ木下

木下正俊

昭和一八年四月、約四百人の新入生が第五高等学校（五高）の寮・習学寮に入る。六〇年前のことである。従来二四〇人の定員だったのが、全寮制の実施と理科二組（八〇人）の増員とで、一室六畳に三人ずつ詰め込みとなり、蒲団も敷けないような生活が始まった。剛《ごう》毅《き》木《ぼく》訥《とつ》の校風に憧れて入学した連中が大半ゆえ、豪傑気取りの荒くれ男が多い中で、

梅本	上野	岩下	今福	泉	池田	伊勢	鮎川
教卓	川原田	川崎	金子	大野	大槻	沖田	岡本
	杉浦	坂口	小屋松	小宮	久和	黒川	木下
	西島	奈留	遠山	辻谷	田代	田尻	竹原
	春口	濱名	濱田	濱高家	塙	畑	長谷川
	安武	保坂	淵上	藤田	百野	平砂	樋口

塙のおっとりした優男振りは逆に目立った。聞けば、京都は上京区紫野の産、といってもどんな所か想像できないが、一休さんの大徳寺の辺ということから、その脱俗の風も道理で、と納得された。

同級文甲二組四三人はテニスコート横の、廊下もない物置然とした仮教室に入れられた。ここでも亦過密である。後年その当時の座席配置を復元してみせたのは塙である。記憶力抜群、真似ができない。われら二組には偶然にも姓ハの頭文字の者が多く、それが縦一列につらなった。この配列は二学期後半に赤煉瓦本館に移るまで変わらない。

彼が一人で写った写真が手元に在る。弊衣《へいい》破帽に腰手拭という蛮カラスタイルでなく、制帽を端然と被り、例の細い目が写真機を見ている。肩にマントを羽織っているところを見ると時期は冬か春、あるいは冬休帰省中に撮ったものか。不思議なことに、この塙は頭髪が長く、帽子からはみ出した毛が耳殻を越えている。長髪禁止の掟破りではないか。

なお、生前の彼には語り忘れていたのだが、この一葉はシベリア旅行をしていることを最近思い出した。その証拠は、裏に残るアルバムから剥がした黒い台紙の跡と、真中第二釦《ボタン》の辺に折り目が残っていることである。出征の朝怱忙《そうぼう》の最中《さなか》剥いで、親兄弟のと共に満州・朝鮮更に流刑の地カザフスタンまで、畳んで守り袋に収めて携え持ち帰った記念の品である。


春まだ浅い肥後の校庭の梅花の香を愛して、傍らに居た塙に語りかけ、真先に春の到来を知るのは梅からだなあ、と言ったことがある。ちょっと間を置いて、緩徐調で「…にほひやなあ」と京都弁で答えた。己の形而下性を恥じ、かつやはり塙は大宮人だと思った。

他所の高専生のことは知らないが、五高に入った者はいち早く地元語の熊本弁に同化しようとする。〝ばってん〟語は龍南族の共通語《コイネー》と言ってよい。しかし塙は「よかよか」ぐらいは口にしたかも知れないが、「そぎゃんたい」とか「汝《ぬし》ゃ何ばしよっとか」など野鄙《やひ》な物言いはしなかった（ように思う）。

二年生になってから、熊本の夜空にも空襲警報のサイレンが響き始め、灯火管制下では勉強にも身が入らなかった。級友の中からも特甲幹や海軍予備学生となって学窓を去る者が出、間引かれ残った者も、勤労動員に駆り出されても止むを得ないと、巻脚絆を巻いて七月半ば長崎の三菱造船所に出向いた。

厚い鉄板に鏨《たがね》で刻印、ドリルで穴明け、鋲《びょう》打ちする轟音の中で暮らした。宿舎は対岸の小ヶ倉寮、山陰の急造長屋二棟に文科生らは寝起きしたが、己は盲腸炎術後とて過労でダウンした。その前後の日記断片が四〇年余の歳月を経て上野の母堂の筐底から現われ、今手元に在る。それには次のような記載がある。

八月四日　何となく眩暈《めまひ》多く、体の中に熱のこもりたる心持なむせらるゝ。明日欠勤のつもりなり。平砂の室に外泊。

八月五日　朝七度八分、帰りて床を伸ぶ。蝿多くして塙の蚊帳に退避。熱九度三分を上下す。ひるより内務に氷を買ひに行ってもらふ。夜に入り平砂と池田に行きてもらふ。夜中平砂保坂看病、夜中より熱七度少しとなりぬ。（以下略）

これを見ると級友のあれこれに世話になっていることが分かるが、塙がこの陬僻《すうへき》の地まで蚊帳持参だったとは驚きである。リッチだし、そして優雅でもある。

その一か月後、誰よりも早く召集令状が来た。級友は、或いは難を逃れ、また赤紙が来ても内地勤務のまま敗戦となり、塙もその口だった。命存えて昭和二二年七月舞鶴に上陸。

山陰線で初めて東山の形、京の町並みを見る。

嵯峨二条丹波口とかこれやこのいつかも見むと夢見し京都
五高に復学願を出したが、既に京大の文学部史学科に入学在籍中との返事。斯くなれば頼むは唯一人塙君のみ。慌てて葉書を出した。

九月一〇日頃シベリアぼけの田舎者が紫野上鳥田町のお宅に行李・蒲団袋と共に転がり込んだ。ご一家の皆さんには一方ならぬご迷惑をお掛けした。彼は京大法学部三回生、西洋法制史を専攻し、この時羅馬《ローマ》法を研究中で、文学部仏文の聴講生でもあるという。案内されて文学部の事務室に入り、国文に転科する手続も塙がしてくれた。一週間ばかり居候して同級の北白川の上野や元田中の金子の許に身を寄せた。今やこの恩人たちも世に亡い。人より遅れて昭和二五年に卒業し、高等学校の教師を勤めた後、関西大学に奉職し、退いた今も京都の片隅に住む。塙とは洛中洛外と隔たっても三里の差、然るに一時年賀状さえも怠って彼我《ひが》忙々《ぼうぼう》、申訳ないご無沙汰の歳月が流れた。時に関西五高会や全国寮歌祭などで顔を会わせることがあっても「おう、元気か」くらいの挨拶を交す程度だった。

六〇歳過ぎた頃から同窓相集うことが漸く多くなり、昔恋しさに京都に感傷旅行とて来る連中は塙を目指して相寄り、久闊《きゅうかつ》を叙した。塙は懇ろに大徳寺の高桐院や円通寺また黒谷に伴い、夜は万亀楼や幾松などで歓を尽くした。母校での百周年祭にはわれら夫婦も同道し、同じ新幹線で切符を交換して下り、また一二年前の賢島では格別に盛り上がった。

宝塚逆瀬川の濱田邸は眺望絶佳、夫人の料理がまた美味かつ多種、刺身にビフテキ・釘煮など陸続、濱田も琉球の古酒の甕の覆いを取って款待してくれた。畑や岩下・濱高家らも寛いでみんな蛮声を挙げた。その余勢で帰途阪急神戸線で塙とふざけ、彼の額を指先で押すなどの非礼の振舞があって、帰宅後家人から絞られた。翌年も濱田邸に集まったが、前年に懲りたか、帰りは京都までタクシーを利し、われわれは向日町の陋屋前で下りた。その後が大変だったらしい。塙は玄関で転倒して唇を破り、病院で縫合手術を受けたという。他人の事は言えない。それを聞き、アホやなあ、と言って幾ばくもなく、己も散歩の途中車歩道分離のコンクリート台から落ち、右肱擦過傷。ばつが悪くて、言わずに包み隠した。

電話はよくくれた。「あのなあ、木下――」例の少し間を外した調子である。「ちょっと聞くんやけどなあ」。彼の用件は大抵ことばの意味用法についてで、和語・漢語の語義や使い方を訊ねて来る。恐らく論文を書く最中で鏤《る》骨砕心、彫琢《ちょうたく》し苦吟し、的確な表現を探しているのであろう。時には昔見た映画の話をする。「舞踏会の手帖」のストーリーの順序など、「どないやったかなあ」。こっちの記憶も不確かになっている。

数年前、『索引』の仕事の緒が見付からず頭の中が真白になった折など、救いを求めると、彼は「それ、ウツや。おれもなった」と言って、「いずれ必ずよくなります」という対応・療法の本をコピーして送ってくれた。不眠を訴えた時は、「アホ、バカ、マヌケと繰り返したらいいんや」と教えられた。これはあまり効き目がなかった。

彼が肺ガンで手術を受けた後のことは痛ましい。「痛い、痛い。府立医大に行ってペイン・クリニックで治療してもらっても、帰ったらまた痛い」と電話で訴える。聞き役は無力薄情であった。入院した桂病院は向日町の拙宅から一里北に在り、何度か見舞った。

平成一二年初冬京都で同級会をやることになった。地元の二人は宿泊や観光散策の計画を立て、塙案によって泊りは河原町二条のホテルフジタ、翌日洛西巡りと決定した。二か月前に夫妻は車で嵐山・祇王寺・広沢池と回り、下検分してくれた。宴会は一七客、塙は上機嫌で盃を重ね、級友一同は愁眉を開いた。

翌一三年秋は奈良で、と約したが、塙は次第に衰弱し、昼間も横臥しているらしかった。それでも会いに行けば「琵琶の舞」などの銘酒を出し、グラスに三杯ずつ飲んで歓談した。奈良の会の時はせめて京都駅まで行くわ、と言っていたが、彼岸花の頃行ったら元気がなかった。奥の夫人に「トリンケン！」と叫んで、一杯ずつ飲んだが、それが飲み別れとなった。

翌月また桂病院に入院し、一一月に夫人から電話あり、食欲なく、機嫌が悪く、高山樗《ちょ》牛《ぎゅう》の「瀧口入道」を読みたがっている、と頼まれた。近代文学専攻の知人に頼んで入手、病院に届けたが、痛み止めの注射で半覚半睡、表紙を見ただけで、枕元へ、と眼で示した。初版に近い袖珍《しゅうちん》本なのだが、それさえもう持ち上げる力がなくなったのであろう。

奈良の会は今一つ気勢が上がらなかった。京都駅から蓮田・岩下を伴った時は血色が良かった。己にも「萬葉はマンヨーか、マンニョーか」と難問を発した（この返事は歿後夫人に書き送ったが、国語史における今後の課題の一つである）。

一二月一八日、濱田・岡本と見舞った。気を遣って、折柄かかっていた窓外の虹の方を向き、「あれを見てみい」と言ったが、入れ歯を外した声は聞き取りにくかった。

通夜の帰り、濱田らと四条大宮の横町で飲んだ酒が上等でなかったせいもあるが、心もうつろ、街灯がにじみ、足がよろけて、家のすぐ近くの坂で転倒、その脛《すね》の疵は化膿し、今もなお痕跡が紫色に残っている。けだし、以前自分も転《こ》けたのに、塙に告白しなかった、その罰であろう。

（旧制五高同級生）

京都弁の弊衣破帽

畑　耕平

思い起こせばはるか六十年前。昭和十八年の春、私達は真新しい白線帽を被って熊本の旧制五高の校門を入った。明治の格調を今もそのままに伝える赤煉瓦の本館を廻り込むと、真ぐ後ろに私達が一年間を共にする習学寮の古びた建物が連なって居た。そしてどの窓辺にも気負った若者達のバンカラの象徴の様に寮雨の跡が染みついて居た。

塙君とはこうして二寮十一室で始めて逢い寝食を共にすることとなった。もう一人は壹岐出身の長谷川君であった。私達は文甲二組――文科甲類とは英語を第一外国語とするクラスで、他にドイツ語を第一外国語とする文科乙類があった。クラスは四十人、そしてその半数近くは満州・朝鮮の大陸勢と関西を中心とする本州出身者であった。塙君は生粋の京都人、その京都弁的語り口は可成り異彩を放っては居たが、こうした雑多な集団の中に融け込んで余り違和感は感じなかったと記憶して居る。

日中戦争が始まって以来の昭和十年代は暗黒の時代との思い込みが世の中の常識の様に

なって居る。しかし旧制高校の間では、昭和初期の様なマルクス主義的言説は流石に影を潜めて居たけれども、本格的な西欧思想の吸収で日本の近代化を急ごうとした明治以来の開明的気風はなお色濃く残って居た。ヘーゲルやカント、そしてニーチェやキェルケゴール等の名を口にしつつ寮生活の日々は過ぎて行ったのである。

旧制高校生の伝統は「バンカラ」である。そしてそのシンボルは弊衣破帽であった。塙君の弊衣破帽振りは私達の間でも群を抜いて居た。

しかしその印象は所謂る豪傑風ではなく、その京都弁的口調そのままに茫洋としたバンカラであった。同室の長谷川君は誠に几帳面な性格でその語り口は竹を割った様な九州弁であり、塙君とは誠に対照的であった。二寮十一室はこうした雰囲気の中で近くの部屋々々と交流しつつ楽しく過ごしたのである。夏休みには京都に彼の家を訪ねた。確か市電の終点から北へ少し歩いた記憶がある。

しかし戦争の影は次第に色濃くなり、しかも遠雷の如く敗戦の響を伴って居た。秋には文科系学生の徴兵延期が廃止され、クラスからも二人が学徒出陣した。私達は寮の食堂での裸のストームで彼等を送り出した。十九年の秋過ぎには長崎の造船所に動員され、空母の建造に重いドリルを振るうこととなった。こうして戦前の面影を色濃く残して居た牧歌的な旧制高校の生活は急速に収斂していった。

敗戦とそれに続く長い混乱期、私達には極近しい者以外は消息も詳しくは知り得ない様な状況が続いた。堝君が学究生活に入ったことは風の便りに聞いて居たが、偶々手にした彼の小論文に私は大塚史学的な匂いを感じ取って同時代的な身近さを感じると共に、それを論じる彼の口調・身振り迄もが目に浮ぶ様な気がしたものであった。

私達文甲二の東京在住有志はこの十数年来、月一回の昼食会を続けて居り関西勢との会合も何回か持たれた。この会合ではお互いの三・四十年に亘る現役時代の仕事や地位のしがらみを一切引摺ることなく、瞬時に高校時代の顔付き・口調に回帰して六十年の歳月を感じさせない。

しかし加齢は争えない。

確か三年程前の京都での会合に私は療養中で参加出来なかった。当時堝君の病気の件は聞いて居たので、その状態を尋ねた所、病後も何のその、元気一杯で話し振りも食欲も驚く程旺盛であったとの答えが返って来て、びっくりすると共に安心したのであった。しかし昨年の沖縄旅行には姿を見せなかった。そして突然の訃報に接した。

今は静かに御冥福をお祈りするのみである。

（旧制五高同級生）

御嶽村のジンタの音

濱田龍二

平成一四年一月一二日午後三時四六分に塙君が逝ったことを、翌朝八時頃の木下君からの電話で知った。塙君の病状から推して、覚悟はしていたものの、やはり駄目だったかと、限りない淋しさを覚えた。

夕方六時からのお通夜は、岡本君と、塙君の死を知らずに同君のお見舞に早朝の新幹線で東京を発って来た保坂君と、木下君宅で落ち合って参列することになった。

陽子夫人から、酒肴の用意もしてあるので、終了後親戚一同と一緒に、故人を偲んで行って欲しい、と乞われたが、五高同級の友人だけになりたく、保坂君の帰りの新幹線の時間の都合もあって、折角のお誘いもお断りして辞去した。

式場の北ブライトホールの南側で車を拾い、木下・岡本の両君と三人で阪急大宮駅まで来たが、そのまま電車に乗る気になれず、近くの居酒屋に立ち寄ることになった。心の奥まで染みこんで来る淋しさに、逆に他愛もないことばかり喋って大声で騒ぎ、駅のホームまでそれは続いた。

翌日の告別式は木下・岡本の両君と、九州から駆け付けて来た鮎川君と列席した。前夜の木下君はよろけて家に帰り着き、臑《すね》を打撲し、コートは泥にまみれていた、と言い、岡本君は帰宅してまた飲酒し、したたかに酔って床に就いたとのことであり、両君共に淋しさを堪えていたことが伺えた。

塙君とは昭和一八年四月に熊本の第五高等学校文科甲類二組に入った時に一緒になったのが最初の出合いである。寮の部屋も教室での席順も近くであったこともあって、すぐに親しくなった。みんな受験勉強から解放されて、文学書や哲学の本、特に岩波文庫本を読み漁り、同級の友と語り合うことが多かった。塙君はいつも穏やかな態度で、決して感情を高ぶらせて物を言うことがなかったが、時には端的に問題の本質を指摘する鋭い感覚を示すことがあった。教室では英文のワーズワースの詩を読んだり、漢文の竹内教授の授業に傾倒したり、また、一度でも予習を怠ったら必ず落第点を付けるという厳しい和田教授の授業に、名指しされないようにと念じつつ出席したりする日々が続いていた。

ただ、当時の戦局は次第に悲壮感を漂わせる状況になっていた。本来高校生活の年限は三年のはずが、既に二年に短縮されていて、しかも二年生の七月には長崎の三菱造船所へ長期勤労動員で行くことになり、学業は打ち切られ、熊本での高校生活は一年三か月の短いものに終わった。

その間も、農村での数泊に及ぶ勤労奉仕に何回か出掛けることがあったが、出向先の村人挙っての温かいもてなしを受けたことは嬉しい思い出として今も残っている。平成三年二月に塙君から届いた便りに同封されていた、当時彼がそこの法学部教授を勤めていた摂南大学のキャンパス通信に、「灰色の中の哀歓」と題する塙君の小文が掲載されており、通信紙の欄外に赤インクで「一筆ものしたので乞御高覧。共感たまわれば幸い。御嶽《みたけ》村の日曜日、浜町《はままち》でのサーカスのジンタの音を懐かしむことしきり」と書かれてあった。農作業が休みの日曜日に近くの町まで四、五人で連れ立って散策に出掛けた時のことである。折からの強風に田舎回りのサーカスの幟《のぼり》が音を立ててはためき、お定まりの「美しき天然」の調べがジンタの音に乗って流れていた。

何とも言えぬ物悲しい風情の中で、確実に近付いて来る兵役のことを思い、さりとて自力で打開することのできない運命を覚悟しつつも、絶望感に陥ることなく、互いに強い親愛の念を抱く友達の中に在って、若さと体力の充実していた時期でもあり、「サーカスの音楽はいつもこれだなあ」と言って、みんなで高笑いして過ごした、六十年前のあの光景が今も鮮明に残っている。

長崎で過ごした時期は、昭和十九年七月から同年の十二月半ば過ぎまで続いたが、航空母艦の甲板の上で鉄板を接合する鋲打ちとそのための穴明けが毎日の作業であり、造船所と学徒寮であった小ヶ倉寮との往復を繰り返す日々が続いた。体力的にさほど恵まれていなかった塙君であったが、弱音を吐くこともなく、寮に居る時はいつも横になって読書に耽っていた塙君の姿が思い浮かんで来る。

戦局はいよいよ切迫し、サイパン島の全員玉砕が報じられる状況の中で、日に日に何人かの友が兵役のため、相継いで小ヶ倉寮を去って行った。塙君は翌二〇年正月に一兵卒になったと「灰色の中の哀歓」に書いているが、私もその一月一〇日に松戸の工兵学校に特甲幹として入隊したので、ほぼ同じ頃に小ヶ倉寮を去ったものと思われる。

生きて再び会うことは到底期待できない状況下での級友との別れであったが、終戦となり、文甲二組の諸兄との交遊を続けることになったのは幸せであった。塙君とは、大学も勤務地も東京と関西に離れていたので、お会いする機会もなく過ごしていた。私が昭和四六年一月に神戸に本社のある会社に転勤して来たことですぐに再会が果たせた。

当時の塙君は神戸大学法学部教授の要職に在り、西洋法制史の研究をしていると聞いていたので、私は会社の中で塙君の存在を自慢していた。同五九年頃から翌六〇年半ばに掛けて、商法の改正により、監査役の権限の強化が行われたことに関連して、当時の神戸大学法学部教授の中に、監査役協会で講演をしたり、法学誌に論文を発表したりして、活躍する教授が二人居たが、地味な研究を続けている塙君は大丈夫かな、とひそかに懸念した時期もあった。

最近、陽子夫人からご送付戴いた、神戸大学法学部瀧澤栄治教授の「塙 浩先生を偲ぶ」と題した追悼の辞の中で、塙君が生涯学究の徒として努力を重ね、専門分野である西洋法制史の研究で膨大な学問業績を上げられたことを知り、改めて尊敬の念を抱いた。

思えば平成一二年一二月五日に木下君夫妻のお世話で文甲二組の会を京都で開くことになったが、塙君は体調を崩していると聞いていたので、その出席を危ぶんでいた。けれども当日陽子夫人と共に会場のホテルフジタに、思ったより元気な姿を見せてくれた。私はただ嬉しくて塙君の前に座り、「会えてよかった」と何度も繰り返して言った。陽子夫人は「皆さんに今日お会いするのを楽しみに一生懸命養生して来ました」と言われたが、塙君は時折酒を口に含みながら多くを語らず、静かに座っていた。

次の年の一一月二七日に再び木下君夫妻のお世話で奈良に集うことになったが、塙君の姿は見られず、京都の桂病院に入院しているとのことであった。翌日散会の後、蓮田君や岩下君達の東京組は塙君の見舞に行った。私は所用があって同行できず、翌日蓮田君に電話で塙君の様子を尋ねたところ、「思っていたより元気でいた。病窓から見える風景などはっきりした口調で説明してくれたし、目の色も輝きを失っていなかった。大丈夫だよ」とのことであった。

気にかかりながらお見舞に行く日がなく、翌一二月一八日に漸く木下君の案内で、岡本君と三人で桂病院を訪れることができた。塙君はいつもの静かな口調で応対し言葉を交わすことはできたが、蓮田君らが訪ねた時の様子と比べてかなり弱っているように思えて、なまじっかな励ましの言葉も出なかった。でも「元気そうだし痩せてもいないね」と言って塙君の腕に手を置いたところ、意外なほどの力強さで私の掌を握り締めてくれた。もしかしてこれが塙君との最後の別れになるかも知れぬとの思いがこみ上げて来て、病室を辞するまでその手を離すことができないでいた。今も塙君の掌の温もりの感触が残っている。

塙君を失ってほんとに淋しい。

塙君のご冥福を祈る。

（旧制五高同級生）

共に生きた時代

保坂哲哉

我々の出会いは昭和十八年四月熊本の旧制五高のクラスにおいてであった。アイウエオ順に配置された教室でも、寮室でも近い関係にあったが、既にわが家も転居して京都市にあったこと、さらには当時義務制とされた運動・文化部への所属選択では、今は亡き上野・沖田君と共に新設の興亜班に所属した間柄であった。塙君の選択理由は定かではない。運動・武道部向きではないという消去法の帰結かもしれない。強いて憶測すれば、海外や国際社会への強い関心があったのかもしれない。同じサークルの同期生達とともに金峯山麓のN先輩達の下宿を訪れたり、先輩達に連れられて学校近くの松本雅明指導教授の閑静で趣きのある庵《いおり》風のご自宅や、校内にある添野校長の官舎を訪れ、先生方との接し方を学んだ。その後二年次での長崎造船所への勤労動員を経て軍隊への入隊から終戦復員へといたる状況については、塙君の随想『灰色の中の哀歓』などに描かれている。査閲事件後配属将校が更迭、新任のS大佐の「説教」に赴いたのはN先輩で私は証人となった。

我々は共に入隊はしたが実戦は経験していない。もし本土決戦になっていればいわゆる死闘部隊として真先に死ぬ運命にあった。共に無事京都の実家に戻ることができたのは幸運であった。実は戦時中は実戦や空爆に巻き込まれぬ限り軍隊生活の方が恵まれていた。塙君は終戦の十月には京大法学部で受講を始めたのに対し、私は親の住所変更の届けを怠ったために願書提出の機会を逸し、昭和二十一年度の入試を受けて京大経済に入った。既に父は大阪に転勤して京都に住む家なく、塙君に下宿のお世話をお願いし、ご令堂がご昵懇の岩田家に一年上のK先輩と同宿した。京大に通った多くの五高出身者が同様の恩恵に浴している。塙君のお宅には何回かお邪魔したと思うが、ご尊父は小学校教師で日本画家でもあられた。花の日本画の大作の下絵を拝見した記憶がある。浩君の花をめでる詩情の豊かさは父親ゆずりなのであろうか。

殆ど受講を怠った私の京大生活は、経済学徒ながら精神分析学に傾倒していたK先輩の不慮の死と共に終わり、実験心理学の盛んな東大心理学科への入学に備え京都を去った。東大心理では動物を使った行動主義的実験が好まれ、論理実証主義を講じたテキストを使うゼミもあった。「客観主義的心理学者が、哲学者の頭を切り落としヨーロッパ諸学（精神科学）を危機に陥れた」とE・フッサールが批判していたことは後になって知った。

当時国際問題の焦点は戦後復興と新国際自由経済秩序の確立であった。英米両国は大西洋憲章において既に戦後構想を発表していたが、そこで示された国内経済体制はいわばマクロ・フォーディズムで、分配を重視し体制決定論を排した国際的社会政策論であった。

私が社会政策担当で金沢大学に移った年、比較法学会に出席のため塙ご夫婦が来訪されて、アカデミズムの世界に私が足を踏み入れたことを喜んでくれた。

このように塙君の専門分野について学識を全く欠く私には、壮大な構想のもとに半世紀にわたってまとめあげられた大部の労作を評価することはもとより読み通す能力はない。

幸い瀧澤栄治教授の追悼文を拝読することができ、塙君の業績が学界で高い評価を得ているのに加えて、国内外の歴史・文化・風土・花鳥へなげかけるやさしくも注意深い眼差しと心遣いは、随想や訳詩など幅広いジャンルの表現形式をとって残され一流文学作品と評されている。塙君の遺されたすべては、我々同級生一同の誇りであり、多くの人々との共有財産でもある。フランス政府給費留学生のご経歴をもつ民法学者として浩君を支え続けた陽子夫人に彼も感謝しているだろう。

（旧制五高同級生）

彼と私

宮田　豊

わが国の近現代史においてエポックメーキングな出来事は、明治維新と太平洋戦争の敗戦とであろう。彼故塙 浩君と私とすなわちわれわれが生きたのは、戦争による激動の時代であった。

小学生の時に満州事変が起り、太平洋戦争の宣戦を知ったのは中学を卒業する年の早朝であり、あの暑い暑い夏の日に営庭で敗戦を聞いたのは大学一回生の兵隊としてであった。いわゆる一五年戦争の最初から最後までを経験したのがわれわれであり、世に戦中派という。

そのわれわれが出会ったのが京都府立京都第三中学校――三中、現在の山城高校――においてであり、四クラス二〇〇人の同級生として五年間を過した。当時の中学校の在学期間は原則的には五か年であったが、四年次に上級学校を受験することができ、合格すれば「四修」として学業を終了することが可能であった。しかしわれわれは残念ながらそれほど秀才でもなかったしまた三中が好きで離れ難かったので、フルに世話になった……。確かに彼は、三中時代にその後も特別な思いを懐いていたようで、何時であったか私が持っていない同級生名簿のコピーや仲間の渾名《あだな》のリストなどを送ってきてくれたことがある。さて、冬でも外套の着用は許されておらず、父兄と一緒でなければ喫茶店などにも入れなかった。戦争の影が次第に濃くなってきた。当時は国立大学には入学試験はなかったが、高等学校の入試にはある程度の学力が必要であったから、各人それなりに努力したようである。

高等学校は彼とは別であったが、大学ではまた一緒になり、大学院や特別研究生の籍を共にした。あの法経棟の院生室で部屋を共にした。籍を共にした、部屋を共にした、とは云ったが学問的な話をした覚えはない。何しろ私には西洋法に関する知識が全く欠けていたからである。思えば敗戦直後の物資不足は大変なもので、ノートなどは文房具店には姿を見せず、年に何冊か学部事務室で頒けてくれて学生証の裏にゴム印を押してその証拠としていた。もう一つ困ったのは、停電であった。京都には占領軍の第八軍の司令部があり多数の軍人が駐留していて電気の消費が多かったせいか、毎日のように夜になると停電した。予告などは勿論なく、一旦止まると何時間続くのかはわからず、二時間も三時間も真暗い部屋の机の前で再点燈を待つという有様であった。このような状況の下で彼はますます向学心を燃し、法学部を出てから文学部に再入学した。彼と私とでは出発点では余り差がなかったであろうが、最終的には決定的な差を示すこととなった。というのは、われわれは昭和一八年に始まった文科系学生の徴兵制度の最後の年として兵役に服したが——終戦がもう一年遅かったならば、彼は少尉殿であったろうが、彼が軍刀を吊って怒鳴っている姿など想像もできない——、あの八月一五日の昼に私が思ったことは「ああ助かった。やっと生き残った」ということであり、そして「今日からは余生だ、これからは好きなこと以外は絶対にやらないぞ」と決心した。

一方、本屋の棚には彼の立派な著作集が現われ、どんどんと巻数を増してゆくのを畏敬の念をもって眺めるに至った。そして彼のお宅を訪ね、御夫婦で京都産業大学への御出講を懇請し快諾して頂くことができた。

しかし、思わぬ病魔のため多くの思い出を残して彼はこの世を去り、あの優しい落ちついた語り口を聞くことはできない。われわれ日本人男性の平均寿命にはほぼ達したのであるから彼も天寿を全うしたといえなくもないが、残念きわまりない。私はといえば、六十年近くの余生を過し、今第二の余生を送っている。

（京都府立三中同窓生）

ばんこうさんのこと

天沼　史

千九百四十二年に京都府立京都第三中学校つまり京三中を卒業して私は旧制高知高校を受験、見事に失敗した。

言い訳として、前年十二月八日に大東亜戦争（当時の呼称）が始まり真珠湾の大戦果から、上海で英艦ペトレル撃沈米艦ウェーキ降伏、以後まことに景気よく連日軍艦マーチではない、当時のこととて軍艦行進曲が鳴り響いたのでつい勉強がおろそかになった為、ということにした。

幸い三中で空き教室を使って補修科を開設して呉れたので入学試験を受けて入れてもらった。そこに愛称をバンコウと呼ぶ塙　浩君が居た。

無論よその学校から来た人ではなく歴とした三中の同級生である。つまり千九百三十七年に入学した第三十三回生であったが、三中では入学時には入学試験の成績順に一番が一組、二番が二組と分け五番が又一組になる。以後毎年年度末の席順で同様に組替えがあった。無論組内ではアイウエオ順に編成するから他人の席順が分かる訳ではない。

それで一年生では組が違ったから塙君の存在は知らなかったが、二学期になるとよその組の様子もわかって来る。「塙」等という姓は、我々にとってはまず塙団右衛門直次を思い起こさせる。少年雑誌で圧倒的シェアを誇っていた少年倶楽部に度々登場する悲劇の豪傑である。加藤嘉明と喧嘩しておん出たが、嘉明の干渉で他への仕官がかなわず、結局大坂へ入城して夏の陣に浅野長晟と戦って戦死を遂げる。

もう一つ、同じく少年倶楽部の連載漫画に島田啓三さんの「冒険ダン吉」というのがあって、ダン吉少年が南海の島へ漂着し、土着の蛮人共（当時の呼称です）を教育訓練して強国を造り王様になる、というお話だがその蛮人を蛮公と書いていた。

塙君は決して豪傑タイプではない。無論蛮カラとは全く無縁のスマートな中学生であった。けれども塙で浩だから続けて読めばバンコウとなるのは必然であろう。

二年生か三年生で一回同じ組になったと思うが、その後が補修科だった。

勿論私は高知を辷ったのだし、彼は合格した東京高師を振って来たのだからもとより同日の談ではない。

四十三年春、私はもう一度高知の理乙を受けて合格し、バンコウは武夫原頭五高文甲に入学した。までは知っていたがその後は臨時措置で修学期間の短縮や学徒動員などボロボロの学生生活を送り、四十五年大学入学の四ヶ月後のあえない敗戦に遭遇した。だから私は京大の医学部にいたけれど、同じ法学部に塙君が入学している事は知らなかった。

学校で顔を合わす事もなく、通学の電車に乗り合わせることもなく、当然三中のクラス会等と言う事もなく卒業し、年譜によれば私が数年の地方病院勤務の後、大学院に入って青柳教授の指導を受けるようになった頃彼は神戸大の講師になっていた。

櫛風沐雨《しっぷうもくう》の五十年戦後日本を支え発展させて、Japan as No. 1 にしたのは我々の世代だと自負しているが、ようやく日本が落ち着いて昭和天皇がお年を召された頃、京都在住の同級生諸君の骨折りで三中第三十三回卒業生のクラス会が実現した。

その何回目だか、何しろ開業医と言うのは何時でもは出られないから判然しないけれど確か「紅葉」での会の時と思うが卒業以来約四十年ぶりの塙さんに会った。この時は盛会で五十人以上集まって、席が大分離れていたので始めは気がつかなかったが、そこらをうろうろしていて突然「おい、天沼」と呼ばれ振り向いた先に、昔とおんなじ顔の、それでもさすがにちょっとはシワの出来たバンコウが手を振っていて「こっちや、ワシや、バンコウや」と騒いでいた。忽ち旧縁が復活し、以来季節の便りの往来が始まり、陽子さんという美しい奥様の名前も知った。

けれども私は播磨國姫路の在の片田舎、京都までは海山千里、ほんとうは海はないし五十里足らずだけどなにしろあんまり近くはない。藪でも医者だからホイホイと京都まで行けなくて、クラス会も出たり出なかったり、こんなに早く彼が居なくなるとは思っても見なかったから、ホテルフジタのクラス会で「肺癌の手術をしたぞ」といばりながら以前の通りお酒を飲んでいた隣に坐って、転移に気をつけろよと言いつつも、お酒を減らす忠告もしなかった。尤もしたって聞く彼ではなかっただろうが。

そうして一昨年末いつもの通り賀状を差し出しておいて、元日の朝、届いた中に彼のが無くて?のところへ奥様から訃報を頂いた。

その後の奥様からの便りによれば相当我が儘な患者だったようだが、一方医者の見落としも否定出来ない。医師の片割れとして恥ずかしくまた故人にもご遺族様方にも真に済まないと思う。

私は現段階ではヒトはガンには勝てないと思っている。だからどちらかと言えば「患者よガンと戦うな」という意見に賛成なので、彼の場合、ミスがなくても結果は同じことであったろうが、彼の被った苦痛はずっと軽くて済ませられたのではないかと考えている。その様にもって行くのが医師のつとめであろう。日医がＱＯＬとかインフォームドコンセントとか医師でない人には何だかよく分からないであろうスローガンを唱えているが、そんなお題目を言うよりも、まず個人の尊厳を保ちつつ最小限の苦痛をもって死期を迎えて頂くよう留意している医者がどれほど居るだろう。
と今さら書いても間に合わない。バンコウ君静かに瞑ってください。いずれ私も遠からずそちらへ行くから、今度逢った時謝る。

（京都府立三中同窓生）

高校の教え子から

疾風怒濤の教育改革

林　徹

一九四八年一〇月二〇日、京都にやってきたアメリカ軍政部の教育行政官は、彼らの思いのままの学制改革を断行した。即ち「總合制・地域制・男女共学」である。〝普通・商業・音楽・家庭〟の各課程が一つの学校の中に統合され一挙に二千名近い生徒が、旧制女学校の校舎に放り込まれたのである。

なにしろ日本は一九四五年八月一五日、連合軍に無条件降服をしたのだから教育改革もアメリカ軍政部の思いのまま、正にSturm und Drangの時代となった。

学校側もクラス編成するに何の基準もないので、とにかくアイウエオ順に並べ機械的に五〇名余りの一四クラスとした。その結果、私の林姓は同じ級の中に十名以上がずらりと並ぶありさまで、お互い名前で呼び合った。

翌一九四九年四月、二年生に進級する際、改めてクラス編成がされて私は一二組、五一名の塙先生担任の級に入った。

当時の先生は確かまだ京都大学大学院に籍があったままで新制高校社会科担当教諭であった。私は先生の教科を履修した記憶はなくクラス担任としての出会いであった。私たち高校二年生より七歳年長であったから先生二十四・五歳の頃である。

ミリタリズムからデモクラシーに

時代を少し溯ると、一九四一年一二月八日、日本は第二次世界大戦に突入、一九四五年八月一五日の敗戦に至るその間の年齢は、小学校三年から中学一年の夏に当る。当時の小学校は国民学校と名を変えていたように臨戦体制の渦中にあり、皇国史観や軍国主義の倫理規範の眞只中にあった。

そんな時代に教育を受けてきた者が、敗戦を境に教科書に墨をぬり、「明日からの教育はデモクラシー」という洗礼を受けたのである。占領軍が最初にやったのが、軍事裁判、財閥解体、農地改革であり次に手をつけたのが、この学制改革であった。主権がないのだから日本の為政者も彼等のいうまま、私達はそんな渦中に放り出されたわけである。

しかし、我々にはあふれんばかりのエネルギーがあった。毎日ホームルームの時間が朝と終業時にあって、塙クラスの男女生徒は混沌の中から徐々に連帯の方向に向かっていった。クラスの文芸誌には全員が記事を寄せ、文化祭には放送劇をやったりした。

恩師として、また古き友として

塙先生は私達の背伸びした我流の民主主義と思っている自己主張を、いつも静かに聴いていて下さった思いがする。飄々とした飾らない表情で、一人ひとりを見守って下さり指示的な方向に話を結論づけるようなことは一切されなかった。時には京大の研究室から直接こられる事もあってか詰襟服姿の先生は兄上のような親しい存在でもあった。

高校三年の途中で先生は、神戸大学に赴任され西洋法制史の学究生活に入られたのだから、わずか二年足らずの高校教員の時代に私達は共に青春の日を駆け抜けていったシュトゥルム・ウント・ドランクの時であった。

旧約聖書続編、シラ書九章一〇節に「古くからの友をなおざりにするな。彼は新しい友人に、はるかにまさる。新しい友は、新しいぶどう酒。古くなるほど、味わい深く飲めるのだ」とある。私たちは還暦を迎えた頃から毎年クラス会を開いている。塙先生の姓をそのままお借りして、花輪―はなわ会として今日も続いている。

思い出は、時を超えて

二〇〇一年六月第一週の土曜日、先生は奥様のご同伴で病床から、はなわ会にかけつけて下さり、お好きな日本酒で乾杯の音頭をとってくださった。その時の先生は半世紀前の出会いの時と変らぬにこやかで、あのややトーンの高いお声で祝杯をあげて下さった。

五十数年前、先生と出会った。そして半世紀以上に及ぶ懐しい記憶をたどってみた。

（京都市立堀川高校卒業生）

堀川高等学校の思い出

中西博子

遙かに思い出を辿れば五十余年前、私達の高等学校時代は、教育改革に揺れる戦後の混乱の最中でした。六、三、三制、男女共学が施行され、京都府は旧制の公立中学校、女学校全生徒が、居住地により学区別に分けられ、堀川高校にも各校から集まって来ていました。戸惑いと期待の中、ようやく環境に慣れ始めた翌一九四九年、二年十二組の担任として来られたのが、詰衿姿も若々しい新進気鋭の塙 浩先生でした。当時はそれぞれの選択教科により、授業毎に教室を移動する方式で、昼休みと下校前のホームルームの短時間だけクラス毎に集まり、担任教師からの伝達や注意事項、生徒間の相談等がなされていました。今にして思えば、皆真面目でよく纏っていたと言えるでしょう。朝早目に登校し、教室や廊下を掃除する者も居ましたし、休憩時間には、クラスで購入したボールで、輪になってバレーボールを楽しんだりもしました。ただ、私は塙先生の教科を受講していなかったので、授業にまつわる思い出が皆無なのは残念ですが、在学中に先生の温かいお人柄に触れるきっかけとなった、忘れ難い一つの出来事があります。

その年、今でいう「学園祭」が催される事になりました。我がクラスでも文学青年の山口市彌さんの発案で、「幻の宿」という放送劇を演ずる運びになり、誘われるままに、友人の服部三四子さんと参加しました。放送劇と言っても、亡霊となった母親役（服部さん）と娘役に扮した二人がマイクの前で、多少の所作を加えながら独白を語るというものでした。記憶は朧ろですが、たしか戦災で亡くなった人々の魂が、夜明け前に焼け野が原の暗闇の中から立ち上って、復興を誓い合うという物語でした。最後に「しっかりと、しっかりと」と言いながら堅く手を握り合った事が強く印象に残っています。演出及びナレーションは山口さんでした。

上演日の迫った或る日、放課後の練習で、日はとっぷり暮れ、すっかり遅くなってしまいました。服部さんと帰宅する旨を報告に行くと、まだ残っておられた先生は、「一寸待っていなさい。証明書を書いてあげよう。」と言って、親宛に帰宅の遅れる理由をしためて下さったのです。全く思いがけない事でした。当時私達は山科から京津電車と市電を乗り次ぎ、一時間半位かけて通学していました。夜更けて帰宅する女子生徒の身を案じ、心配して待つ親の気持を押しはかって下さったのだと思います。それ迄何となく遠い存在であった先生が、急に身近かに感じられたのを覚えています。

翌年先生は神戸大学に移られ、私も父の転勤により転校を余儀なくされました。その後は塙先生や友人達とも、時折の文通やクラス会参加を除き、長らく疎遠になるのですが、私にとっての高校生活の思い出といえば、殆どが堀川高校でのものと言えます。その一つが文集「乱れ雲」です。有志の生徒達の尽力による、ざら紙にがり版刷りの唯一のクラス紙で、年月を経て赤茶けてはいますが、若き日のさまざまな想いが綴られており、今も大切にしています。

その中に、先生の「私の高校生活の思い出」という一文があります。そこには往時の自由と規律を重んじ、豪放かつ情熱に溢れた旧制高校の様子が詳しく述べられ、私達にも、「有意義な愉快な」「お互いに真の友となり得る様な」「又将来に於ても今が最上の生活であり得るような高校生活」を送るよう「何とか努力してほしい」と望まれています。後年その事をお話しすると、手元にはないからコピーしてほしいと言われました。早速お送りすると、次にお会いした折に、「なかなか上手に書けとるなあ、今よりうまいかもしれん…」と冗談めかして仰って、とても嬉しそうな御様子でした。

月日は流れ、私達が還暦を迎えた頃、今後は毎年六月の第一土曜日に「はなわ会」を持とうという話になり、ずっと続いています。今年も六月七日、二十名が元気に集うことができ、先生をお偲びして、こもごもの思いを語り合いました。お会いする度に、年の差を越えて一人一人に親しく話しかけられ、細やかなお心遣いが感じられ、穏やかで飾らぬお人柄に触れることができました。私が夫を亡くした時も、さりげなく力づけて下さり、「みんなもそれぞれに、色々な出来事に耐えているのだろうなあ」としみじみ言われたのを忘れることができません。僅か一年余の高校生活で結ばれた絆が、長い歳月を経て絶えることなく深められてきたことに驚きを覚えます。

その後先生は、思いもかけず病魔に見舞われ、手術を受けられましたが、次の会にはお元気な姿を見せて下さり、「僕のように肺癌にかからないように、煙草は控えた方がいいよ」と言われていましたのに、再び闘病生活に入られ、一昨年奥様と御一緒においで下さったのが、お目にかかる最後となりました。

御専門は言うに及ばず、文学、宗教哲学等にも御造詣が深く、まだまだこれからも、たくさんの事を教わりたく思っていましたのに、本当に残念ですが、この書物に収められる数々の作品を通して、再会できることを心から願って、拙い筆を擱くことといたします。

（京都市立堀川高校卒業生）

塙 浩の略歴

大正一四年二月二六日　京都市で、父吉雄（京都府峰山町出身）、母秀（滋賀県出身）の長男として出生
昭和一二年三月　京都府師範学校附属小学校尋常科卒業
昭和一七年三月　京都府立京都第三中学校卒業
昭和二〇年三月　第五高等学校文科甲類卒業
昭和二三年三月　京都大学法学部卒業（田畑茂二郎教授の国際法演習に参加）
（なお、同二〇年一月から同年一〇月まで兵役に服する）
昭和二三年四月　京都大学文学部哲学科（宗教学専攻――講座主任は久松眞一教授）入学（同二四年一〇月退学）
昭和二五年四月　京都大学法学部大学院入学（田中周友教授のもとで西洋法制史学を専攻。同年特別研究生に採用。同二八年一二月退学）
（なお、同二三年三月三一日京都府立京都第二高等女学校――翌日より朱雀高等学校となる――の教諭に任用、同年一〇月京都市立堀川高等学校へ転勤。同二八年一二月退職）
昭和二八年一二月一六日　神戸大学法学部講師

昭和三一年六月 (同三〇年東北大学へ半年間内地留学、指導教授は世良晃志郎教授)
昭和三八年一一月 神戸大学法学部助教授
昭和四一年六月 フランス等ヨーロッパ諸国へ出張 (同三九年一一月まで)
昭和四三年四月 神戸大学法学部教授
昭和四六年四月 神戸大学法学部夜間部主事 (同年一二月まで)
昭和四八年六月 フランス等ヨーロッパ諸国へ出張 (同年一〇月まで)
昭和五三年四月 神戸大学評議員 (同五〇年五月まで)
昭和五八年五月 フランス等ヨーロッパ諸国へ出張 (同年一〇月まで)
昭和六三年三月三一日 フランス等ヨーロッパ諸国へ出張 (同年九月まで)
昭和六三年四月一日 神戸大学退官
平成元年七月 神戸大学名誉教授
平成四年四月 摂南大学法学部教授 (法学部長補佐――平成四年三月まで)
平成五年七月 フランス等ヨーロッパ諸国で研修 (四〇日間)
平成五年一二月 摂南大学図書館長を併任 (平成六年三月まで)
平成六年四月 フランス等ヨーロッパ諸国で研修 (三〇日間)
論文「フランス中世領主領序論」により法学博士号を授与される (神戸大学)
摂南大学法学部長を併任

平成七年三月　　摂南大学退職

（右の他、時に、関西学院大学法学部、大阪大学法学部、大阪市立大学法学部、同志社大学法学部、岡山大学法学部、京都産業大学法学部、同志社大学大学院法学研究科、名古屋大学大学院法学研究科、九州大学大学院法学研究科、姫路独協大学大学院法学研究科に非常勤講師として出講）

（平成一〇年九月記）

平成一四年一月一二日　永眠

正四位に叙せられ勲三等旭日中綬賞を受ける。

（追記）

あとがき

この度、信山社の袖山社長のご好意により、このような随筆集を出版して戴けましたことを大変嬉しく思います。最初は、著作集第二〇巻までを何とか世に出したいと願いながら、病に倒れ、無念の思いで逝った故人のために第二〇巻を上梓して戴くためには残された抜刷等が少なく、少々書き残していた随筆も末尾に含めてという計画でした。しかし、その後、未発表の原稿が見つかりそれらを集めて第二〇巻とし、別に随筆集を出しましょうという有難いお申し出を受け、それではご縁のあった方々になにか追想の記を書いて戴くことにしようとお願いをしましたところ、多数の方々がご執筆下さいました。同世代および若手の法制史研究者の方々、大学の同僚であった方々、故人のこよなく愛した旧制五高の同級生、府立三中の同窓生および堀川高校の教え子の皆様より貴重な玉稿を頂戴することができました。また、大竹秀男先生にはご多忙のところ「はしがき」をご執筆戴きました。ご協力下さいました皆様に心より厚くお礼申し上げます。

故人は神戸大学に奉職してから、大学紛争の時代を除いては、その静かな穏やかな環境のもとで存分に研究に精を出し、大変恵まれた学者人生を貫くことができました。思えば、研究者が学問研究に専念できる良き時代にめぐり合わせたのでした。職人気質で凝り性で、ラテン語の一語たりともおろそかにせず、少々理解できないときも時間をかけて読み解いていくようでした。「ラテン語がわからへん。難しいとこや。」と言いながら家のなかをうろうろし、また書斎に戻っては考えこむということを何度も繰り返していましたが、やがて「ああ、解った。読書百遍意自ら通ずやなあ」と明るい顔になることもしばしばでした。訳語にこだわり、言葉遣いに神経質でしたが、旧制中学や旧制高校で身につけた国語や漢文の素養を十分に生かして翻訳にうちこんでおりました。日本人が西洋法制史の論文などとても書けない、資料を正確に紹介することが何より大切で、いずれは後世の学徒が役立ててくれるという信念をもっていたようです。また、手を使うことが好きで、一時は原稿を毛筆で書いておりましたが、ワープロが流行しだすといち早くそれにのりかえ、朝から晩まで器械の前に座っておりました。摂南大学に移ってからは雑務で多忙な日々でしたが、研究室からの淀川の眺めがすばらしいと、時折スケッチをしていたようです。拙いものですが、数枚を掲載して戴きました。今頃もあの世のどこかでせっせと翻訳をしたり、スケッチをしたり、模型の電車を動かしたりしていることでしょうか。ともに暮した月日にはさまざまの出来事がありましたが、肩を並べて歩いたヨーロッパの街々の佇まいや、コクリコの花の咲き乱れる麦畑の美しさとともに、パリ大学のキュジャス図書館のほの暗い書庫で貴重な資料のコピーに明け暮れた日々が懐かしく思い出されます。

本書の刊行にあたりお世話になりました袖山社長ならびにいろいろと連絡やら雑務をお引き受け下さいました岩野英夫先生および瀧澤栄治先生、それに校正をお手伝い戴きましたやぎ　みねさんに心よりお礼を申し上げます。また、病気療養中何度もお見舞いを戴き、お力づけをたまわりました多くの方々、歿後も何かとお心遣い下さいました皆様にこの場を借りて心より深謝申し上げます。

二〇〇三年六月

塙　陽子

〈編者紹介〉

塙　陽子（はなわ ようこ）

1930年10月　兵庫県姫路市に生まれる
1949年3月　旧制姫路高等学校文科甲類一年修了
1953年3月　神戸大学法学部卒業
同年4月より1974年3月まで、同学部助手、講師、助教授
1961年9月より1964年9月まで、フランス政府給費留学生
　としてパリ大学法経学部に留学
1979年4月より1987年3月まで　京都産業大学法学部教授
1987年4月より1995年3月まで　摂南大学法学部教授
現　在　京都家庭裁判所参与員、法学博士

コクリコのうた

2004年（平成16年）4月16日　第1版第1刷発行
3025-0101

編　者　塙　陽子
発行者　今　井　貴
発行所　信山社出版株式会社
〒113-0033 東京都文京区本郷 6-2-9-102
電　話　03（3818）1019
FAX　03（3818）0344

製　作　株式会社　信山社

Printed in Japan

© 塙陽子他、2004.
印刷・製本／松澤印刷・大三製本

ISBN4-7972-3025-8 C3332

3025-01011-060-040

NDC分類 01-324.001-E00

塙浩著作集

（全20巻）118万2,467円

第1巻	ランゴバルド部族法典	650頁	48,544円
第2巻	ボマノワール「ボヴェジ慣習法書」	804頁	58,252円
第3巻	ゲヴェーレの理念と現実	260頁	24,272円
第4巻	フランス・ドイツ刑事法史	376頁	29,127円
第5巻	フランス中世領主領序論	660頁	50,000円
第6巻	フランス民事訴訟法史	1056頁	95,146円
第7巻	ヨーロッパ商法史	676頁	54,369円
第8巻	フリッツ・シュルツ「古典期ローマ私法要説」	848頁	66,019円
第9巻	西洋諸国法史（上）	864頁	66,019円
第10巻	西洋諸国法史（下）	848頁	66,019円
第11巻	西洋における法認識の歴史	664頁	60,000円
第12巻	カースト他『ラテンアメリカ法史』・クルソン『イスラム法史』	456頁	40,000円
第13巻	シャバヌ『フランス近代公法史』(1789～1875年)	594頁	54,200円
第14巻	フランス憲法関係史料選	656頁	60,000円
第15巻	フランス債務法史	856頁	82,500円
第16巻	ビザンツ法史断片	592頁	58,000円
第17巻	続・ヨーロッパ商法史	960頁	82,000円
第18巻	続・フランス民事訴訟法史	936頁	80,000円
第19巻	フランス刑事法史	816頁	68,000円
第20巻	ヨーロッパ私法史	608頁	40,000円